KUWEI

酷威文化

图书 影视

无人逝去

[日]

白井智之

著

姚奕崴

译

四川文艺出版社

そして誰も死ななかった

图书在版编目（CIP）数据

无人逝去 /（日）白井智之著；姚奕崴译. -- 成都：
四川文艺出版社，2023.7
ISBN 978-7-5411-6679-2

Ⅰ. ①无… Ⅱ. ①白… ②姚… Ⅲ. ①推理小说-日
本-现代 Ⅳ. ①I313.45

中国国家版本馆CIP数据核字(2023)第099872号

著作权合同登记号 图进字：21-2023-9
SOSHITE DAREMO SHINANAKATTA
©Tomoyuki Shirai 2019
First published in Japan in 2019 by KADOKAWA CORPORATION, Tokyo.
Simplified Chinese translation rights arranged with KADOKAWA CORPORATION, Tokyo through
BARDON-CHINESE MEDIA AGENCY.

WUREN SHIQU

无人逝去

[日] 白井智之 著

姚奕崴 译

出 品 人 谭清洁
出版统筹 刘运东
特约监制 王兰颖 李瑞玲
责任编辑 梁祖云
选题策划 王兰颖
特约编辑 郭海东 房晓晨
营销编辑 庞梦霞 田厚今
封面设计 卷帙设计
责任校对 段 敏

出版发行 四川文艺出版社（成都市锦江区三色路238号）
网　　址 www.scwys.com
电　　话 010-85526620

印　　刷 天津鑫旭阳印刷有限公司
成品尺寸 145mm×210mm　　　开　本　32开
印　　张 8　　　　　　　　　　字　数　186千字
版　　次 2023年7月第一版　　　印　次　2023年7月第一次印刷
书　　号 ISBN 978-7-5411-6679-2
定　　价 45.00元

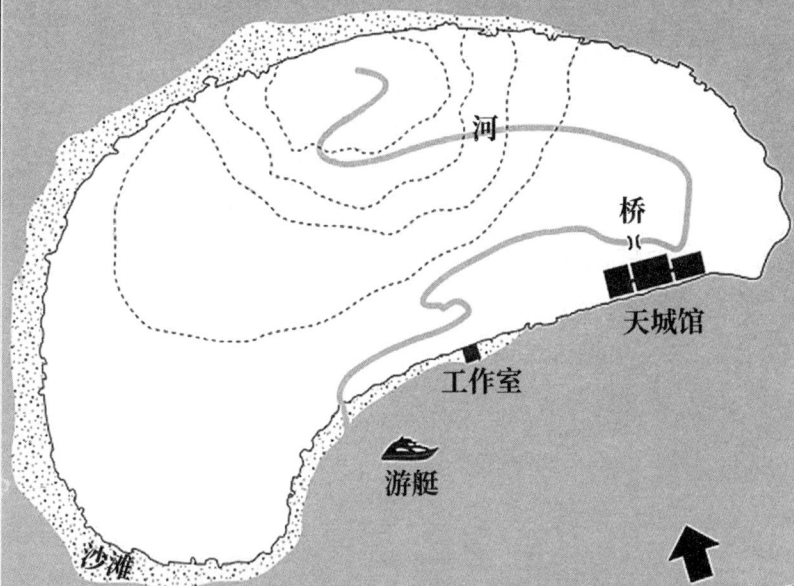

条岛示意图

河

桥

天城馆

工作室

游艇

沙滩

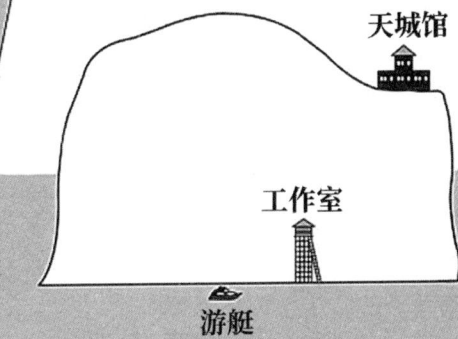

立体图

天城馆

工作室

游艇

N

周围一片黑暗。

没有色彩，没有声音，没有气味。这里是一个空无一物又无边无际的世界。

死后的世界怎么可能如此空虚。怕不是生与死的间隙？

突然，身体里一阵翻江倒海，仿佛全身上下的细胞同时爆裂。

整个世界分崩离析。身体也似乎由内而外地碎裂开来。

这时，眼前出现了恐怖的一幕。

一条僵硬的胳膊，犹如一条虫子，蠕动着从嘴里伸了出来。

自己已是四分五裂，再也无法恢复原来的模样。

离开母亲子宫的三十一年以来，从未感受过这种恐惧。

目 录

发端

1

"——请问稿子进展得怎么样了？"

按下接听键，手机里传来贺茂川书店茂木的声音。

这会儿大亦牛男正坐在自诩为野味餐馆的平价居酒屋里，"吸溜吸溜"地喝着微温的啤酒，吃着鸦胸肉和癞蛤蟆刺身的下酒小菜，望着一对女大学生。她们错把这里当成了普通的居酒屋，结果进门以后被吓得面如土色。

在"吸溜吸溜"能喝到东京最便宜的酒，还能吃到用蛤蟆、乌鸦、小龙虾之类来路不明的食材做成的特色料理。尽管会时不时吃出稀奇古怪的虫子，但是总好过滴酒不沾然后郁郁而终。今朝有酒今朝醉吧。

牛男丢下那串怎么啃也啃不下来的鸦肉，正要把癞蛤蟆刺身送进嘴里的时候，手机铃声突然响了。本来喝得正痛快，却被瞬间拉回现实。

"稿子？烦不烦啊。让女大学生跟我说，不然老子不听！"

"老师，您是喝醉了吗？"

牛男眼前浮现出茂木眉头紧锁、一脸苦笑的样子。茂木自从大学毕业当上编辑，十年来一直负责对接推理作家，很有两把刷子，去年开始在南青山的公寓和一个有志成为小说家的年轻女人同居。想想就让人来气。

"我和读者都一直惦记着大亦老师的新作品呢。"

"闭嘴吧，别胡扯了。老子凭啥起早贪黑地给你赚房租？你这么想要新书，自己去写不就得了？"

"读者们可都翘首盼望着大亦牛汁的新作啊。再说了，大亦老师，您的存款不是快见底了吗？"

茂木从容不迫地说道。"牛汁"是牛男的笔名。牛男这人一喝多了就喜欢自揭老底，于是乎千杯不倒的茂木将他那些大大小小的个人隐私尽收囊中。而对于牛男沉迷应召女大学生并为此大肆挥霍版税的事，茂木自然也是一清二楚。

"老子吃蛤蟆都活得下去。这事儿还轮不到你管！"

牛男的筷子刚碰到癞蛤蟆的肚子，便见粉色的舌头从癞蛤蟆半张不张的嘴里飞了出来，把落在盘子上的苍蝇一口吞下。看来就算是被开膛破肚，五脏六腑都被掏空，这东西也是本性难移。

"明白了。那临近截稿的时候我再联系您吧。今天想和您说点别的事。"

"怎么，难不成你想学用什么法子能看穿叫来的是不是货真价实的女大学生？"

话一出口牛男就后悔了。茂木给人戴高帽子的时候要格外小心。这家伙总是趁别人放松警惕之后给人出难题。

"大亦老师，您知道摩诃大学的秋山教授吗？"

"不知道啊。"

"秋山教授和编辑部联系，说是想和《奔拇岛的惨剧》的作者聊一聊。他算得上是大洋洲文化研究第一人，还是挺有名气的。"

"我可不认识。"

牛男加重了语气。他对大洋洲文化没有半点兴趣。

无人逝去

"是这样的，我们公司明年春天打算立项一套人文类的丛书，对于编辑部来说这是一次难得的机会。希望大亦老师能替我们出面见一见秋山教授。"

"啥？！"

牛男大叫一声，对面座位上正吃着油炸三条腿蝌蚪的女大学生把视线慌忙移开。

"您放心，我和您一起去，至于他说什么您随便听听就行。"

"这算哪档子事？我哪有这个闲工夫？"

"您手头又没写着稿子，怎么会没空呢？经费我这边出，您不必担心。"

"那家伙见我干什么？老子这儿只有酒和蛤蟆下酒菜。"

"我没有问，不过他会不会是对书中奔拇族的一些描述有什么意见？那位教授好像写了好几本有关奔拇族的书。日子定下来之后我再联系您吧。那先这样，麻烦您了。"

通话戛然而止，手机里只剩下吱吱作响的电流声。牛男恨不得把电话扔进厨房。这个一贯自说自话的东西。

《奔拇岛的惨剧》是牛男在半年前发表的一部推理小说，讲述的是一起连环命案，命案发生在密克罗尼西亚一座生活着土著居民的孤岛上。这部小说在专家看来，多少会有些破绽。

麻烦来了。倘若人家针对作品发问，那么牛男根本无法作答。

因为自打他从娘胎里出来，就从来没有写过一行小说。

牛男的生父锡木帖是个人渣。

他的头衔是一名文化人类学者，曾在东南亚和大洋洲与当地少数民族共同生活，并且频繁地进行实地调研，观察当地的社会家庭结构。大约十年前他登上了综艺节目，大名随即家喻户晓。

不过，帖这个人当面是人背后是鬼。家中尚有学生时代便相濡以沫的妻子，他竟然还从世界各地的烟花柳巷买下穷苦女人，给她们办理工作签证，把她们带回日本。帖死后，据杂志报道，他在东京的廉价公寓里豢养的女人不少于二十个。

牛男是帖从马来西亚带回来的一个妓女的二儿子。第三个孩子胎死腹中之后，牛男的母亲在牛男参加小学远足的那天早晨，吞服过量安眠药自杀身亡。牛男的哥哥是当地一个半黑社会性质的团伙里的小喽啰，在牛男中学修学旅行的那天夜里，他骑摩托车坠崖而死。自此牛男便分外嫌恶旅行。

牛男在孤儿院长大，直到十五岁才得知生身父亲的身份。他在整理哥哥遗物的时候发现了帖怀抱婴儿的照片。帖虽然曾经是电视上的熟脸，但由于脑梗死的症状恶化，他早已不再抛头露面。

此后牛男以打零工为生，五年后，正当他吃了上顿没下顿的时候，忽然从律师那里收到了一封信。信的内容晦涩难懂，牛男看得一头雾水，大概意思是帖已经不在人世了，而且在两年前和妻子离了婚，庶出的牛男也有继承权什么的。

尽管有这个父亲和没有一个样，但这笔遗产却是天上掉馅饼。牛男乐不可支地吹起了口哨，可是信封里的一张遗产分割协议的说明又让他心凉了半截。帖的私生子名单上竟有多达三十四人。即便遗产有一千万日元，三十四个人平分的话，每个人也只有区区的三十万。

而且协议约定，如果没有答复，那么就视为同意将遗产分割事务委托给代理人处理。牛男却稀里糊涂地直接把信丢进了垃圾桶。

半年后，牛男收到了律师寄来的十四个纸箱子。箱子里塞满了大部头书和学术杂志。打开箱盖，顿时尘土飞扬，一股臭气在屋子里弥漫开来。看来根据最终协议，这些书就是牛男的遗产。牛男的心情就像是有人在自己家扔了一摊狗屎。

原本这间屋子就不到十五平方米，再堆上十四个纸箱子，简直没地方下脚。牛男正要把书重新塞回箱子送到垃圾场去，突然想起了一个人——榎本桶。

榎本是牛男的朋友，二人在同一所孤儿院长大，他一副知识分子模样，闲暇时间唯一的爱好就是读书。原以为离开孤儿院以后他会去当一名书店店员，然而在辗转打了几份工之后，他于两年前创作了一本名叫《MYSON》的小说并且一炮打响。虽然牛男一页都没有读过，但那本书在书店的展台上堆得像小山一样的场面，他却是亲眼见过。此后榎本一发不可收拾，每年都会出版两三本书，而且开了线上二手书店，衣食无忧。半年前还搬进了著名的高档社区——白峰市公寓，可见事业顺风顺水。

"学术书刊还是挺棘手的，我先帮你大致核查一下。你把书名汇总发给我吧。"

牛男在电话里说明来意，榎本开口却是一副公事公办的口吻。看来榎本是不可能自己上门拿书了。

无奈之下，牛男把纸箱打开，把书在地上摊开，用手机整理书单。有些书是一些牛男闻所未闻的外国字，有些书则连书名都没有。基本都是学术书籍，不过也零零散散地夹杂着一些陈旧的推理小说。

搬空第三个箱子之后，牛男看见箱底有一个厚厚的信封。掂了掂分量，像一块木板似的。打开信封，里面是一沓 A4 纸。

"这是什么东西？"

只见最上面的那张纸写着"奔拇岛的惨剧 锡木帖"。似乎是帖写的小说。

牛男随手翻开一页，随即沉浸在了小说的世界之中。

日本民俗学者宝田踏悟朗造访了地处波纳佩岛西南方向七百公里的奔拇岛，与土著居民同吃同住。奔拇族人民以团结友爱著称，在两千四百年的历史中从未发生过任何争斗。然而从踏悟朗踏上这座岛屿的第二天起，命案就如同决堤一般频频发生。佩戴恶魔和扎比面具的怪人引发了肆虐的杀戮风暴，奔拇族被逼迫到了亡族灭种的边缘。奔拇岛上究竟发生了什么——？

牛男废寝忘食地阅读着"奔拇岛的惨剧"，接二连三发生的案件和字里行间渊博的文化人类学知识深深地吸引了他。

牛男从来没有听说过锡木帖还有一个作家身份。这或许是他按捺不住对推理小说的浓厚兴趣，亲自动笔创作而成的吧。虽说只是玩票，但是能让从不读书的牛男读得如痴如醉，也侧面证明了这部作品的优秀。

牛男抑制住内心的兴奋，给榎本打去电话。

"我发现宝贝了。是一部还没有发表的推理小说。有趣极了！"

"你竟然看书了？真是难得。"

榎本并没有接茬。

"我把小说卖给你吧。你多少钱收？"

"谁写的？"

"我家老爷子。"

电话里榎本叹了口气。

"那怎么行。我干吗非要买一本外行写的小说？"

"写得可有意思嘞。你就权且信我一次，读读看。"

无人逝去

"别急别急。你搞错了，"榎本的语气严肃起来，就像训斥小孩子似的，"我这里是二手书店。还没有出版成书的东西放我这里没有任何价值。"

"那这么一个好东西就这样白瞎了？"

"既然你把它说得这么好，不如送到出版社去。要是确实有趣，说不定还能出版。"

原来如此。敢情还有这条路可走。牛男顺手把空啤酒罐扔进了垃圾箱。

"OK，看我在出版社那儿卖他个一百万日元。"

"这可不行。因为按照遗产分割协议，你继承的只是你父亲拥有的书刊资料。就算你坚称你继承的是小说的著作权，其他遗属也肯定不会答应。倘若你把书稿卖了，哪怕只卖了仨瓜俩枣，人家告你也是一告一个准。"

这是什么狗屁道理？制定法律的目的似乎就是为了让牛男一无所获。

牛男挂掉电话，再次翻开A4纸，迫不及待地翻到了这一起惊心动魄的连环杀人案那令人震撼的大结局。若是任由这部小说沦为一摞废纸，那才真是暴殄天物。

牛男忽然动了歪心思。

牛男心说，如果不能用锡木帖的名字出版这部小说，倒不如干脆把它变成自己的作品。寄来的时候是个压箱底的物件，那就说明其他亲戚应该都没见过。自己这辈子穷困潦倒，还不都怪当初帖管不住下半身，所以自己理应消受。

次日，牛男在打工的旧货商店的办公室里，打印了一张带有"奔拇岛的惨剧 大亦牛汁"字样的纸。"牛汁"是他根据自己的名字起的笔名。

听榎本说，一家名叫贺茂川书店的出版社好像接受籍籍无名的作家的毛遂自荐。牛男换上新的书稿封面，然后用潦草的笔迹在信封上写下贺茂川书店的地址，扔进了邮筒。

一个月过后，就在牛男屋子里的纸箱子终于快要清理完毕的时候，他接到了一个电话。

"您好，我是贺茂川书店的茂木。不知道您有没有把《奔拇岛的惨剧》寄送给其他出版社？"

一听就是一个办事干练的男人。

"没有。问这个干什么？"

"太好了。务请授权敝社出版您的作品。"

男子的声音里是难以抑制的兴奋。

半年之后，《奔拇岛的惨剧》成为畅销书，销量突破三十万册。

2

摩诃大学的校园里是一栋栋像摩天大楼一样的高层建筑。

大学里果然是一股子铜臭气。收拾得干净利落的男学生们坐在长椅上谈笑风生。真是遗憾，没碰见女学生。

牛男正出神地盯着选美比赛的海报，这时一个男保安招呼道：

"有预约的这边请。"

牛男和茂木两人被带到了一个像是彩票站的小房子。

"我们约的是文化人类专业的秋山老师。"

茂木用他惯用的语气说道。保安从一堆资料下面抽出一个活页夹子，堆积的纸和文件随之塌了下来，压在了一个女孩形状的玩偶上。

"你看看，玩偶都被压扁了。今天运势不佳。咱还是回去算了。"

"大亦老师，请您安静一会儿。"

茂木冷着脸说道。保安打开夹子，然后递给茂木。夹子里是一张写着人名和住址的表格，应该是登记表。

牛男百无聊赖地看着茂木填表，偶然间与被文件压烂的玩偶打了个照面。那个女孩穿着爱丽丝漫游仙境风格的连衣裙，眼神像磕了药似的直勾勾地盯着他，胸前的徽章上写着"摩诃大学官方吉祥物——摩诃不思议娃娃"。牛男心中忽然动了恻隐之心，于是从书堆里把玩偶拖了出来，放在了桌子上。

"劳驾您二位各留一张名片。"

住址登记完毕，男保安用走流程的口吻说道。茂木马上取出一张名片。

"我是贺茂川书店的茂木。"

牛男从夹克口袋里摸出一个纸团，那是一张被洗得支离破碎的名片。这还是当初《奔拇岛的惨剧》出版之后，他在书店致辞的时候用的。

他正想把粘成一团的纸剥开，忽然一阵疾风吹过，名片便像漫天飞雪一样飘散在了校园之中。

"糟糕。喂，茂木，看来不回去不行了。"

"如果您二位是一起的，一张名片就可以了。文化人类专业在P栋。"

男保安说道，牛男的表现让他有些摸不着头脑。

P栋坐落在校园深处，似乎是在摩天大楼的背面。

"大亦老师，金发也很适合您啊。"

两人穿行在校园之中，茂木不加遮掩地对牛男奉承道。

牛男的头发是昨天深夜自己动手染的。他琢磨着大学里应该到处都是潇洒时尚的年轻人，如果不染个头发什么的会显得格格不入，结果真正走进校园才发现，这里跟自己想象的截然不同。有钱人就算是蓬头垢面，也挡不住他们身上那股金钱的味道。

"头皮疼。可能是脑出血了。要不还是改天再来吧。"

"您这是心理作用。咱们快点过去吧。"

茂木打开铝制的大门，快步走下楼梯。牛男不耐烦地跟在后面。

走廊前面的一扇门上挂着门牌，上面写着"秋山研究室"，还贴着一张"摩诃不思议娃娃"的装饰贴纸。它似乎已经将方才的救命之恩抛了脑后，脸上挂着那种开运手办广告上的诡异笑容。

镶嵌在门上的玻璃窗透出些许光亮。茂木敲了敲门，大约十秒钟之后，门开了，一个戴着口罩的年轻女人探出头来。

"我是贺茂川书店的茂木。这位是小说家大亦牛汁老师。"

"已经等候二位多时了。这边请。"

两人在女人的带领下走进会客室。房间四周是很高的铁艺架子，中间是两张相对摆放的沙发。架子上陈列着看上去是从全球各地搜集而来的面具和人偶。它们散发着和帖的纸箱子一样的气味。

约莫等待了五分钟，拉门打开，一个苍颜皓首的老者走了进来。应该已是耄耋之年。四肢像树杈子一样干瘦，脸上布满了沟壑纵横的皱纹。不过走起路来四平八稳，深陷的眼窝里闪烁着锐利的目光。

无人逝去

"初次见面。我是贺茂川书店的茂木。"

茂木脸上挤出礼仪讲师一般的笑容。牛男也惶恐地跟着鞠了一躬。

"我叫秋山雨。本来是我求见二位，却劳烦二位跑一趟，实在不好意思。"

秋山在沙发坐下，动作还很硬朗。

"这些藏品真是棒极了。都是您搜集的吗？"

茂木抬头看着书架问道。善于寻找话题是这个家伙的特长。

"都是我的藏品。那个东西你应该很熟悉吧？"

秋山看向牛男，指着摆在左手边架子上的一张面具。

那是一张婴儿肥的面孔。凝固的泥胎上涂着淡茶色的颜料。与其他面具相比，这张面具十分精巧地复刻了人类的面容，但怪异的是这张面具刻了很多只眼睛，鼻子上方密密麻麻，几乎都是眼球。

"……这就是扎比面具吗？"

"是的。这就是奔拇族族长即位仪式中所使用的恶魔面具。成年男性头戴这张面具，身披着倒竖的蓑衣模仿野兽，让诅咒那座岛屿的邪灵附身。你小说里的杀人犯戴的就是这张面具。那个东西，你应该也是认识的吧？"

秋山又指向架子下面一层。那是一个倚靠着隔板的泥人，高约二十厘米。表面没有刷涂任何颜料，黑漆漆的黏土裸露在外。体形看上去比弥勒佛还要胖上一圈，脸上像用签子扎过似的，有五个窟窿。

"这是扎比人偶吧。"

"没错。在仪式当中用来让巫师召唤邪灵的供品。它也出现在了你小说中的凶杀现场。读来让人激动不已啊。"

秋山从公文包里取出《奔捂岛的惨剧》。果然还是对这部作品有些看法。

"教授，您今天究竟想要与我们聊些什么呢？"

茂木手扶在膝盖上，面带微笑地问道。

"我有些问题想请教大亦老师。你到底是什么人？"

秋山目不斜视地盯着牛男，眼神似乎要把牛男穿透。

"……我只是一名作家而已。"

"那我换个问法。五十五年来，我一直在研究奔捂族的风俗、传统和思想。你对奔捂族了解多少？"

"我只是查了查资料，然后写了这本书罢了。我了解的就只有这些。"

对于这个问题牛男早有准备。当然，他从来没有查阅过什么资料，但是事到临头也只能这么说。

秋山面不改色地从公文包里拿出厚厚的一摞文件。其中掀起的一页纸上露出一行行米粒大小的英文字。

"这是密克罗尼西亚联邦调查团上个月发表的报告。你方便看一下吗？"

"对不起，我看不懂英文。"

秋山眉头一皱。

"去年十月，新加坡的一位李姓学者在访查奔捂岛期间，遭遇了一件骇人听闻的案件。原本两百多人的奔捂族只剩下了四十五名女性和七名男性，其他人全都下落不明。而幸存的男性不是年近古稀的长老，就是未满十岁的孩子。可以说奔捂族面临着灭族的风险。幸存的女性也都失魂落魄，根本无法进行正常的语言交流。"

秋山的一番话让牛男好几秒钟都没有回过神来。他的书在去年

无人逝去

九月出版，而一个月之后奔拇族就遭遇了不测。竟然能有这种事。

"看上去你的书预言了奔拇岛的命运。我再问你一次，你到底是什么人？"

"凑巧罢了。我不过是个作家，我都没有见过奔拇族。"

事实上牛男连作家都不是，但眼下如果把实情挑明，只会让情况变得更加复杂。

"那位李姓学者为什么要去奔拇岛呢？"

茂木凑上前来询问道。这家伙对秋山很有兴趣，搞不好还想让人家给他写书。

"去年奔拇岛要举行三年一度的达达选举仪式，'达达'就是族长的意思。李是奔拇族的老朋友了，原本的计划就是要去觐见新任达达。"

"奔拇族人是突然之间消失了吗？"

"不是。密克罗尼西亚联邦的调查队在挖掘埋葬地点时，发现了大量土葬不久的尸体。全部死于非命，但是死因不得而知。"

"是不是发生了内讧？"

"不会的。奔拇族人团结友爱。在他们看来，个人与集体几乎密不可分，从没有用暴力来解决集体内部矛盾的概念。纵览他们两千四百年的历史，也从来没有一个人因为人与人的暴力争执而丧命。"

"那会不会是爆发了男性易感的传染病？"

"报告说尸体上没有检测出高致命性的病原体。尽管不能完全排除爆发未知传染病的可能，但是目前也仅仅是一种假设而已。不过，尸体照片中拍到了一些可疑的东西。"

秋山从文件中拿出十来张照片。照片上是沾满了泥土、枯枝败叶和死蚯蚓的人类尸骨。尸骨低着头，双手合十放在胸前，呈现出向上天祈祷的姿势。上颚与下颚之间被钉进了一根木头。

"这根木头是什么？"

"这是用来索住人三魂七魄的木楔。往土葬的尸体头部钉入一根楔子，可以避免灵魂被扎比带走。问题不在这儿，你们看这里的骨头。"

秋山指向尸骨的肩膀。

"……手臂像是缺了一块啊。"

茂木一脸费解，嘴里默默念叨。经他这么一提醒，再看每具尸体的胳膊和腿的骨头都有缺损。

"一些骨头上还有动物的齿痕。"

"难不成是奔拇岛的动物攻击了人类？"

"确实如此。根据李的证词，在他十月份上岛的时候，仅剩一个身负重伤尚未死去的青年。据说那名男青年的肚子上有巨爪造成的三条撕裂伤。"

"那名学者没有问一问青年究竟发生了什么吗？"

"问了。但是和其他幸存者一样，青年无法进行正常的交流，只是不停地重复着同一句话。"秋山的喉结缓慢地上下活动，"他说'给我水'。"

牛男两人不寒而栗。

"那个青年后来怎么样了？"

"听说调查团抵达的时候他已经被埋葬了。对于大规模死亡的原因，调查团报告公布的结论也是野生动物袭击所致。奔拇岛上有食肉的野狗和鳄鱼，海中也偶见鲨鱼。在达达选举之前，男性候选人为了彰显英勇气概，很多时候会刻意为了狩猎而狩猎。选举前过

无人逝去

分高涨的氛围导致男人们跨越了生态红线——这个解释有一定的说服力。如此一来也说得通了，男性当中之所以仅有老人和小孩幸存，是因为这些人从一开始就不是达达的候选人。

"可是岛上的居民与动物们共同生存了两千四百多年，也不断地从大自然汲取保护族群的智慧。很难想象单单一次选举会造成这么惨烈的死亡案件。"

"那么会是什么原因呢？"

"很难说，但是我有一个可怕的假设。那就是有人把凶猛的外来动物带上了奔拇岛。"

秋山低下头不再说话。他在等待牛男的回应。

毋庸置疑，他怀疑牛男。但是牛男不仅从来没有离开过日本，也没有把野兽投放到某个岛屿任其屠戮土著的邪恶癖好。

牛男求助似的看向茂木，茂木却没有回头，而是一本正经地审视照片，不停地点着头。这个不靠谱的家伙。

"这个，我想反问一下。秋山教授，您觉得我干了什么？"

"《奔拇岛的惨剧》里面写到，族长可以与岛上所有女性保持性关系。而凶手的动机也源自这一特殊的文化。"秋山哗啦哗啦地翻着书，"这个说法是正确的。奔拇族虽然禁止婚前性行为，但是驱除邪灵的达达是个例外。达达在奔拇语中有'父亲'的意义，可以通过打破禁忌的方式，间接强化族长的权威。

"学者们从保护文化的角度出发达成了默契，不会在公开场合谈及此事。起码没有一篇日语的论文提到过这件事。那么你又是怎么知道了奔拇族的这个风俗习惯？你是不是真的去过奔拇岛？"

"我搜集了资料，从英文论文里面看到的。"

"你刚才好像说的是你看不懂英文吧？"

秋山用手指敲打着报告。糟糕，这样下去自己就要被当成灭绝奔拇族的凶手了。牛男绞尽脑汁地思索着。

"好吧。我说实话，奔拇族的风俗习惯都是从我父亲那里听来的。"

"你父亲？"

"他是文化人类学者锡木帖。"

牛男把全部注意力都集中在面部神经上，做出一副坦然的表情。反正帖已经不在人世。随自己怎么说都是死无对证。

"原来如此。原来你是他的儿子！锡木这人本来就不守规矩——不，是不被禁忌所束缚，就像达达一样。"

秋山语速变快了。瞳仁也不再那样犀利。

"您认识我父亲？"

"锡木是我的弟子。我们俩脾气一直合不来。我和锡木总是针尖对麦芒，不过或许从某种意义上来说，这也是我们太过相似所致。"

秋山意味深长地说道。

"此话怎讲？"

"锡木和这件事没有关系。一来他两年前就已经过世，二来他对奔拇族怀有很深厚的感情。很抱歉，怀疑到了你的身上。这件事就到此为止吧。"

秋山动手整理摊开在桌子上的资料，准备放入公文包。

"稍等一下。个人认为刚才这个故事应该展现在大众面前。不知您是否愿意为贺茂川书店执笔创作一本书呢？"

茂木自说自话似的问道。

出人意料的是秋山非但没有震怒，反而十分客气地看向茂木。

"可惜我的时间并不宽裕啊，不能满足你的要求。但其实我的稿子已经在你们手上了。"

"——您的意思是？"

"到时候二位自然会知道。今天劳烦二位了。"

秋山说着，一只手拿起公文包走出了接待室。

3

工作间隙，牛男在办公室抽着烟，这时手机铃声响了。

估计又是茂木来催稿。牛男不耐烦地看了看手机屏幕，上面显示的是一个他从没有见过的号码。

"喂——"

"请问是大亦牛汁老师吗？"

电话里传来一个年轻女子的声音。

"你哪位？"

"打扰您了。我叫绫卷晴夏，是摩诃大学大四的学生。"

牛男不由自主地从椅子上蹦了起来。自己居然正在和货真价实的女大学生通电话。

"有……有什么事吗？"

"我是大亦老师的粉丝。是这样的，我碰巧在校园里捡到了您遗落的名片，没忍住就给您打过来了。真是抱歉。"

牛男一个箭步蹿出办公室，跑到四下无人的楼梯平台。他胸口像打鼓一样，掌心渗出了黏腻的汗水。女大学生粉丝？怎么可能？世间竟然真的存在这种生物。

"找我有什么事吗？"

"不好意思。可能有些唐突，您方便一起吃个饭吗？啊，这件事我肯定会保密的。"

牛男差点儿从楼梯上摔下去。不可能，绝对不可能。十有八九又是传教和推销净水器的。

"和我吃饭？真的？"

"实在不好意思，是我太冒失了。您就当我没说过吧——"

"没关系没关系没关系。我正好想听一听读者对书的看法。"

一句茂木那种家伙才说得出的话不禁脱口而出。

"真的吗？谢谢您！那地点和时间定下来以后我再给您发邮件吧。"

女大学生很有礼貌地致以谢意，然后挂断了电话。

不可思议。没想到牛男这辈子竟能有这般艳福。

耳畔似乎还萦绕着女大学生的芳音，牛男情不自禁地乐开了花。

直到后半夜下班返回公寓的路上，牛男依旧亢奋不已。

他想对别人炫耀一下，但是朋友们都不接电话。终于在打到第三个的时候，那头的榎本接起了电话。

"写稿写到半夜啊。辛苦了啊。高档小区是不是连空气都是甜丝丝的？"

牛男吞下一口啤酒说道。

"我跟你可不一样，我这是自己动笔写的。这本书应该还蛮有意思的。"

能听出榎本的沾沾自喜。这个单纯的家伙。

"我说，榎本，你有女大学生粉丝吗？"

无人逝去

"什么？"

"我就有。而且还很可爱，我猜。"

牛男把三个小时之前电话里的内容复述了一遍。一开始榎本还"嗯嗯啊啊"地随声附和，听到一半却不知为何像一尊地藏菩萨似的沉默不语了。

"作家这行当可真不赖啊。你也加把劲吧。"

"牛男君，有句话不知道当讲不当讲。"

榎本吞吞吐吐地说道。

"你要说什么啊，该不会是要提醒我小心别碰上传教的吧？"

"不是。你都不知道那个女人是何许人吧？"

榎本语重心长似的问道。好巧不巧，除了她是摩诃大学大四的学生以外，牛男对这个名叫晴夏的女人一无所知。而他却想入非非地认为那人应该穿着和"摩诃不思议娃娃"同款的天蓝色连衣裙。

"女大学生的身份应该是没错。其他我都无所谓。"

"我曾从编辑那里听到一个传言，说是有个变态的女粉丝专门找推理作家下手。"

变态的女粉丝？那是什么鬼？

"明白了。我在电影里看到过。把作家囚禁起来，然后强迫作家按照她的意愿来写故事。"

"不大一样。这个人假扮粉丝，目的是接近推理作家然后和他们发生肉体关系。她的目的也不是'仙人跳'什么的，纯粹就是要睡更多的作家。"

"这么说来，她是个很有追求的'荡妇'喽？"

"嗯，可以这么说吧。你听说过真坂齐加年吗？"

"砧板七假鲶？"牛男的鼻涕都喷了出来，"那是啥东西？"

"是一位作家，这是他的笔名。他的成名作《重生脑髓》曾被搬上大银幕，后来他被一个女人盯上了。听说他被弄得五迷三道，一个连孩子都有了的人愣是为了那个女人离婚了。"

这个狐狸精。牛男之前也遇到过这种"公交车"，她们四处炫耀自己和多少娱乐圈艺人发生过关系。如此说来这女人也算是和她们殊途同归了。

"她叫什么名字？"

"不知道。我也只是听说了一些传言而已。"

"说了等于没说。我知道了。晴夏又不是那种浪荡女人，她可是我正儿八经的粉丝。"

牛男像说给自己听似的，说着捏瘪了空啤酒罐。

4

约会的前一天晚上，牛男辗转反侧。

终于，他瞪着两只眼睛迎来了朝阳。起床后他把不适合自己的金发染回了黑色，穿上新买的连帽卫衣和休闲裤，直到像做熏肉似的从头到脚喷遍了止汗喷雾，刷牙刷得都快牙龈出血了，他这才走出家门。

晴夏定好的地方在兄埼站附近的商业街，那里位于牛男住处和晴夏家中间，距离牛男居住的能见市有二十公里。一小时前，牛男从家里出发，沿着高速公路前往兄埼市。

牛男在一条冷冷清清的小胡同里停下他那辆二手微型汽车。然后手里拿着那本作为联络暗号的《奔捞岛的惨剧》，走向那间约定好的书店。

无人逝去

　　兄埼站前人声鼎沸。车站里涌出的人潮被商业街吞没。牛男站在书店门口，对面面包店里香甜的气味扑面而来。每当年轻女子从旁经过，牛男都会心跳加速。

　　"您好——"

　　一个二十岁出头、身材娇小的女孩走上前来。半长的黑发蓬松摇曳，身穿一件一看就很上档次的深褐色切斯特大衣，背着一个有她半人高的帆布包，稚气未脱的脸蛋上露出拘谨的笑容。

　　"你、你好。"

　　牛男抬头一看，原来女孩是在和牛男旁边的一个金发眼镜男打招呼。这是闹哪样？在这儿演美利坚的校园剧吗？

　　牛男没好气地把脸撇向书店，只见书店收银台前面的柜台上摆满了《奔拇岛的惨剧》。出版已有半年时间，但直到现在还在不停地重印。老子可是当红作家。牛男默默地给自己打气，心情略微轻松了一些。

　　"不好意思。请问您是大亦牛汁老师吗？"

　　牛男回头一看，还是刚才那位女孩。她身上散发出高级香水的味道。再看那个金发眼镜男，人家已经和别的女孩手牵手走进对面的面包店了。

　　"你好。我是大亦。"

　　牛男咽了一口唾沫，大着舌头说道。

　　牛男和晴夏走进车站前的一家意大利餐馆。之所以能够看出这是一家意大利餐馆，是因为它和那些遍地都是的家庭餐馆一样，昏暗的室内挂满了国旗。

　　菜单的内容让人不知所云，晴夏点了"蓝色沙司烤金目鲷"，牛男点的是"咖喱"。这时候牛男真想抽自己几个嘴巴，谁让自己总是在廉价居酒屋吃蛤蟆和小龙虾。

"这是今天送给您的礼物，挑选礼物的灵感也来源于大亦老师的作品。"

晴夏打开帆布包，取出一个系着丝带的盒子。那个盒子看上去就像电视剧里放订婚戒指的小盒一样。

"谢、谢谢你。"

牛男解开丝带，打开盒盖，一块手表映入眼帘。上面既没有数字也没有花纹，就连保护表盘的表镜都没有。只有时间刻度和一根短针。不过常言道"穷穿貂富穿棉，大款穿休闲"，这块手表虽然看着像小孩子手工制作的玩具手表，但是十有八九价值不菲。

"那个，您请看看背面。"

牛男赶忙把表盘翻了过来，只见后盖上刻着几个英文字母，意思是"亲爱的大亦牛汁"。这几个字牛男还是能看懂的。

"没想到老师您是个左利手呀。"

晴夏这句话牛男没听明白。戴手表跟是不是左撇子又没有什么关系。

"我不是左撇子。为什么这么问？"

"那没事了，不好意思啊。"

晴夏深深地鞠了一躬。好可爱的发旋。

"我会用心保管。"

牛男说罢便把手表放回盒里。为了不在晴夏面前露怯，他在膝上重新把丝带打上了结。牛男不会打绳结，打十次也就只能成功一次。这次也是一样，最后打完不像蝴蝶结，倒像一只翅膀残缺的蜻蜓。牛男把耷拉着的丝带头胡乱团成一团，连同盒子塞进了衣兜。

无人逝去

"嗓子都冒烟了，真想来瓶啤酒。"

正当牛男对着只有红酒的菜单暗自抱怨的时候，服务员来上菜了。

随后晴夏便用略带紧张的声音谈起她对《奔拇岛的惨剧》的读后感。她称赞《奔拇岛的惨剧》把独特的风土人情融入了诡计设计，算得上是推理小说派别之中划时代的作品。牛男虽然听了个一知半解，不过他能看得出晴夏是实打实地陶醉在《奔拇岛的惨剧》当中，不像那种水性杨花之流。

"推理小说到底有什么意思？"

牛男说完就后悔了。这就好比职业棒球手问别人"棒球到底有什么意思"，不能不让人疑惑。不过晴夏非但没有惊讶，反而一脸认真地说道：

"我喜欢推理小说的结构。只要有线索，就必定能够给出符合逻辑的解释。"

"这倒是没错，毕竟内容作者都已经编好了。"

"我从事的是研究工作，研究那些今后很长一段时间也难以破解的谜题。而要破解这些谜题，又只有研究这一条路可走，所以作为研究者，有时候会有一些迷茫。不过这种时候我只要读一读推理小说，头脑就会清醒很多，内心也会更加坚定。"

晴夏字斟句酌似的回答道。她读书的境界还真是高。

"你提到的研究，是什么？"

"意识。我读的是心理系，研究意识。"

"意识？"

牛男鹦鹉学舌一般反问道。那是什么东西？对于连牵牛花都观察不好的牛男来说，这话题简直是摸不着头脑。

"我上中学的时候，我妈妈因为中风去世了。她有一年的时间处于植物人状态，尽管心脏还在跳动，但是说不出话。当时我想知道妈妈是否还有意识，可是不论是大夫还是学校里的老师都说不清楚。所以我上大学以后选择从事这一领域的研究。"

牛男的脑海中忽然浮现出锡木帖的面容。那个男人步入晚年之后应该也经历过脑梗死引发的意识障碍。

"那么植物人状态是不是就意味着丧失意识了呢？"

"准确来说，这是一种大脑大部分功能受损的状态。大脑占据人脑的大半部分，其中脑前额叶掌管认知和情绪。就在这附近。"晴夏用手指在额头上比画了几下，"此外，还有位于后脑勺、处理视觉信息的枕叶，位于头部两侧、处理听觉信息的颞叶，位于头顶、综合处理视觉和触觉信息的顶叶。如果这些大脑部位全都坏死，那么基本可以认定人丧失了意识，但是部分实验结果也给出了否定的结论。"

"也就是说即便是植物人也是有思维活动的吧？"

"是的。在一次实验当中，我们在给予植物人患者声音刺激的时候，向对方传递了他'正在打网球''正在家中散步'之类的信息。随后患者对应的大脑部位产生了与正常人一样的反应。由此我们得出结论，这位患者还有意识，能够理解语言的含义。"

牛男感到背后一丝凉意。外表看上去只是一副毫无思想的躯壳，实则在这躯壳之内竟然意识尚存。

"这么说你母亲也一直都有意识？"

"并不是这样，方才那个研究只是一个特例。如果不找出意识究竟来自何处，就无法从根本上解答这个问题。"

"不是从这附近产生的吗？"

无人逝去

牛男指着晴夏的额头。

"还不确定。神经元传递信号只是一个单纯的物理现象，但是为什么会产生意识？其中具体的机制还不得而知。因此有些观点认为意识只不过是我们的错觉，实际上并不存在。"

"意识不存在？肯定存在。你瞧！"

牛男把玻璃杯拿在手里，将杯中散发着烂葡萄气味的液体一饮而尽。晴夏笑眯眯地说道：

"您说得没错。不过，有这样一个让受试者动手指的实验，不限时间，然后记录动手指前后的大脑变化。如果把受试者想要动手指的时刻记录为1，大脑发出信号的时刻记录为2，手指确实动了的时刻记录为3。那么您觉得这三个时刻应该是什么顺序呢？"

"那应该是1、2、3呀。"

"您看您也是这样认为的吧。但是实际记录下来的时间顺序是2、1、3。"

怎么可能？难道人还没打算动手指，大脑就已经把信号发出去了？

"也就是说人还没下定决心，大脑就已经开始行动了？"

"是的。大亦老师在要喝红酒之前，大脑就已经做好了喝红酒的准备。通过对这个研究成果的深入分析，能够得出这样一个结论，那就是意识只是在给既定的行为寻找理由，而自由意志其实并不存在。"

"真的假的啊？"牛男有种上当受骗的感觉，"那下班之后收银台的账目对不上就不怪我了，怪大脑呗！"

"是可以这么说。据说曾有工程师在电脑上模拟婴儿的身体构造，编辑了类似于人类脊髓的信息处理通道。结果发现这个'婴儿'像真人那样咿呀学语。"

"咿呀学语？像这样？"

牛男交替摆动着双臂。

"是的。当然，电脑程序做不出这种动作。在一定的身体和环境条件下，动物会自发采取行动。意识或许只是马后炮而已。"

"你相信这种说法吗？"

"我说不好。我只是想知道真相。"

晴夏眼眸低垂。牛男后悔用这种责备的口吻对她说话。想来晴夏自己都不知道她想要一个怎样的答案。

"你的心情我很理解。我家老爷子也是得了脑梗死去世的。我了解得也不多，不过是不是脑子一旦坏了，就再也不能完全康复了？"

"基本上是这样的。准确来说，大脑的神经细胞产生于大脑里的某些特定区域。但如果细胞无法在受损的大脑当中移动，那么损伤部位的功能就无法复原。"

"看来这和伤口愈合结痂不一样啊。"

"随着大脑再生研究的进步，还是有可能找到新的治疗方法的。"

晴夏望着人来人往的窗外说道。别看每个人都顶着一副光鲜亮丽的面孔，但其实这些面孔后面都是大脑。如此想来，也是奇妙。

之后两人又闲谈了约莫一个小时。晴夏感慨如今大学生阅读量之小，牛男则抱怨《奔拇岛的惨剧》被文化人类学者找碴挑刺。

餐馆打烊时他们走出店门，马路上已是空空荡荡。那间作为约定地点的书店也放下了百叶窗。小巷里有一对五十来岁的男女搂抱在一起。

在人行横道等红灯的时候，晴夏突然拉住牛男的手。

"大亦老师，今晚可以陪陪我吗？"

晴夏的手冷冰冰的。

"这是你自己的想法，还是大脑擅自做出的决定？"

绿灯亮了。

"是我自己的想法。"

晴夏望着对向车道说。

5

牛男开着那辆微型车，从兄埼站前的商业街向居民区的方向行驶了三十分钟。

他来到的这家汽车导航推荐的"兄埼套房酒店"，不论是床还是其他家什，都像从废墟当中捡来的破烂，满墙都是茶渍似的污垢。香薰和霉菌掺杂在一起的味道熏得人直发昏。

"这房间太离谱了吧。"

"没关系的。"

晴夏走出淋浴室，按下墙上的开关，关掉了房间里的灯。

牛男剥去晴夏的连衣裙，贪婪地摆弄着她美妙绝伦的胴体。怀里的身子异常冰冷，就像一个充气娃娃。晴夏带来的快感并不及应召女郎，她那稚气未脱的面庞和娇小的体格，让他产生了一种非同寻常的有悖人伦的感觉，仿佛自己在侵犯这位少女。牛男戴着酒店预备的一种从未见过的安全套，在晴夏身体里完事了。

牛男身心慵懒地全裸着在床上坐起身。他想抽支烟，于是从扔在一旁的裤子口袋里掏出烟卷。他用湿漉漉的手指扣动打火机的翘板。

"哎呀，亮得晃眼。"

晴夏用手遮住脸。

镜子映出牛男的面容。想到自己特意把金发染成黑色，他不禁有些不好意思。

"……"

忽然一个疑问浮上心头。

两人在书店门口碰面那会儿，晴夏在牛男之前曾和一个金发眼镜男搭话。

毕竟是初次见面，认错人也情有可原。可是当时牛男手里拿着《奔拇岛的惨剧》作为联络暗号。既然如此，晴夏为什么还会把旁边的男人错认成牛男呢？

据晴夏说，她是在校园里碰巧捡到了名片，然后才给牛男打了电话。这显然是在撒谎。晴夏肯定在今天以前见过还是一头金发的牛男。

牛男是在与秋山教授见面的前一天晚上染的头发。会面之前，牛男从未靠近过摩诃大学。因此晴夏唯一有可能见到金发牛男的时间，只能是牛男和秋山教授会面的当天。

那么晴夏会不会是在校园里的某个地方看见了牛男，进而发现牛男在门卫室遗落了一张名片？但是当时周围只有男学生。

这样就只剩一种可能了。牛男二人抵达秋山教授研究室的时候，有一个戴着口罩的年轻女子将他们领进会客室。而这个女人，就是晴夏。

咕咚一声，牛男咽了一口唾沫。晴夏明明见过牛男一次，却刻意装作不认识的样子，隐瞒自己的真实身份。

无人逝去

——假扮粉丝，接近各色推理作家，企图和他们发生肉体关系。

耳畔回响起了榎本的话。

牛男熄灭打火机。屋里再度被黑暗笼罩。

"我说你，这不是第一次见我吧？"

晴夏沉默不语，时间仿佛都凝固了。

"算了算了。没想到还真有逮到一个推理作家就睡一个推理作家的'公交车'啊。你到底图什么啊？"

毛毯发出窸窸窣窣的声响，随后传来晴夏的一声叹息。

"别装了。你是秋山教授的助手吧？"

"不，我不是助手，"接着是头发摆动的声音，"他是我父亲。"

"父亲？"牛男反问道。

"是的。我的真名就是秋山晴夏。大亦老师，您要相信我。我确实睡了很多作家，但是您和他们不一样。"

晴夏冰冷的手指触碰到了牛男的脖子。

"你到底有什么目的？"

"没有什么目的。我只是想过自己的生活。"

"闭嘴吧！别再自欺欺人了！"

牛男猛地甩开晴夏的肩膀。

只听晴夏倒吸一口凉气，从另一侧摔下了床，随即响起像是扎啤杯破碎的声音。床上下颠动。

五秒钟、十秒钟过去了，晴夏依然一声不吭。

"……没、没事吧？"

牛男下床，按下了门边的开关。

仰面倒地的晴夏出现在了昏黄的灯光下。

　　墙上的镜子碎了，碎片散落一地。其中一块像冰溜子一样尖锐的碎片，深深地插进了晴夏的脖子，几乎切断了她的头。

　　牛男顿时汗如雨下。整个人动弹不得，像被麻醉了似的。

　　"喂，说句话啊。"

　　牛男从嗓子眼儿里挤出一点声音。

　　"你倒是说句话啊！"

　　"——唉？"

　　晴夏微微睁开眼，嘟囔了一声。她坐了起来，拍掉沾在头发上的玻璃渣。牛男生怕她的动作太大把脑袋弄下来。

　　"镜子都碎了。看来不赔是不行了。"

　　晴夏抬头看着红色的镜框说道。镜框残存的犬牙交错的碎片映照出晴夏密密麻麻的眼球。

　　"喂，用不用叫救护车？"

　　"救护车？为什么？"

　　晴夏脸上带着浅浅的笑容站起身来。玻璃仍旧插在喉咙上。脓水模样的液体从伤口喷涌而出，顺着锁骨流淌到胸口。

　　"哎，咱们再做一次吧。"

　　晴夏说着把浴巾围在腰上，凑上前来向牛男的耳朵吹了一口气。她竟然像什么事都不曾发生一样。

　　"你不疼吗？"

　　"哪里疼？这不算什么呀。"

　　晴夏歪头说道。只见她的屁股上也扎着玻璃碎片。难道是脖子上的神经被切断了，导致她失去了痛觉？她只要照一下镜子就能发现自己的异常，但可惜镜子已经七零八落地碎了一地。

　　这让牛男想起在"吸溜吸溜"喝酒的时候，他曾见过肚子被一

无人逝去

切两半、已经做成刺身的蛤蟆伸出舌头捕食苍蝇。看来动物根本意识不到自己已经濒临死亡。

牛男用纸巾擦了擦掌心的汗，以免被晴夏看出什么端倪。

"你有没有向别人说起咱俩见面的事？"

"怎么可能嘛。怎么了？"

晴夏夸张地眨着眼。看上去不像说谎。就算这家伙死了，警察也不大可能找到自己头上。

"我想起还有一件要紧的事没办。我先回去了。"

牛男从干涩的嗓子里憋出这句话，然后背对晴夏，捡起地上的衣服穿在身上。

"哎，这就走了？这才只做了一次呀。"

晴夏像小孩子耍赖似的摇晃着胳膊。牛男当胸一推，晴夏倒在了床上。她的脖子软绵绵地歪向一边，脓水一样的液体喷了出来。牛男的心脏都要跳出来了。

"……"

他低头一瞥，忽然发现晴夏的身体有些不对劲。她的小腹隆起，就像孕妇或中年人的啤酒肚似的。刚见面的时候她还不是这种体型吧？

"这么想看吗？"

晴夏张开两条腿，嘴里胡言乱语。

"到那边以后见到了妈妈，让她告诉我到底有没有意识吧。"

牛男离开房间，连钥匙都没拿。

牛男乘电梯来到一楼，三步并作两步地穿过大堂。房费预先付过，又没有使用其他服务，因此无须再次结账。

　　牛男在玄关和一个刚从面包车上下来的应召女郎撞了个满怀，他一低头，闪身从旁边绕了过去。他钻进微型汽车，用钥匙打着火，然后踩下油门。

　　居民区已然笼罩在夜幕之下。公寓楼悄然无声，窗户透出朦胧的光线。驶离停车场，沿着曲曲折折的道路，一路开上了双向四车道的国道。

　　途中，一个个隐忧不停地闪现在牛男眼前。牛男在门把手和电灯开关上留下了指纹，垃圾箱里扔着带有精液的安全套。但凡警察因为某些嫌疑怀疑到牛男身上，那么他必定是百口莫辩。

　　况且晴夏也有可能报警。晴夏的脖子都快要被切断了，保住这条性命可以说是希望渺茫，但是她有可能会叫来救护车，把牛男的名字告诉急救员。

　　《推理作家杀害女大学生》——这样一个耸人听闻的标题赫然出现在牛男的脑海之中。

　　红灯突然出现在牛男面前，他猛踩刹车，车压着白线停住了。一个红脸膛的中年男人对他怒目而视。牛男险些酿成一起车祸。

　　牛男松开扶着方向盘的手，深深地吸了一口气。生死有命，晴夏不过是运气太差罢了。反正自己是被邀约的一方，怪不到我头上。胡思乱想也没用。

　　在国道上行驶了五分钟左右，牛男看见了高速公路的入口。从那里可以离开兄埼市。牛男一脚油门开了过去。

　　收费站的小亭子里，一个矮墩墩的男人正睡眼迷离地打着盹儿。估计是晚上没有什么过路车。牛男弓着背，以免让对方记住他的相貌，然后敲了敲玻璃窗。

　　"大叔，到能见市多少钱？"

无人逝去

中年男人抬起头。

牛男刚要从裤子口袋里掏钱包，忽然大惊失色。

钱包不翼而飞。他在座位下面找了找，脚垫上也只有结块的泥巴。应该是落在酒店的床上了。

驾照也在钱包里。糟糕透顶。

"一千四百日元。您怎么了？"

男人怀疑地打量牛男。

"我丢东西了。"

牛男蜷缩着肩膀说道，然后倒车驶离收费站。在单行道上逆行驶向"兄埼套房酒店"。路旁的一排排公寓楼似乎面带讥讽。

牛男在距离酒店大门口约十米远的路边停下车。快步走向玄关，一言不发地穿过酒店大堂。乘电梯上到三楼，奔向三零九号房。

在走廊拐弯处，牛男撞上了一个年轻男人。这是个气色很差的胖子，戴了一脑袋的耳环和鼻环，活脱脱一个插针垫。他穿着不合体的围裙，推着一辆堆满水桶和墩布的手推车。

"呀，不好意思。"

男子低下头，想要把钥匙插入客房门，看样子是个清洁工。

"等一下。这间房是我开的。"

"这间吗？里面的客人应该已经回去了。"清洁工拿起挂在手推车上的活页夹子，在上面比比画画，"您没有走错房间吗？"

"我错过了最后一班电车。只能在这儿住到早上了。"

"要不您去跟前台说一声？"

"凭什么？房钱我都付了。"

牛男压着嗓子说道，清洁工欠身说了声"抱歉"，然后把钥匙递给了牛男。这胖子还挺会看人眼色。

牛男等清洁工的身影消失在走廊拐角，用钥匙打开了房门。

扑面而来的是暖气烘干的空气，还有清新剂和霉味混合而成的怪味。牛男按下门边的电灯开关。

房间里空无一人。之前倒在床上的晴夏不见了。连衣裙和内衣也都无影无踪。地上散落着镜子的碎片，床单上还残留着一块黄色的污渍。

晴夏到哪里去了？头都快要掉下来了，独自一人不可能回得了家。如果救护车来过，那么清洁工应该有印象。难道有人把晴夏的尸体搬走了？

牛男茫然地望着床单上的污渍。

6

眨眼间，七天过去了。

牛男那份收获了女大学生粉丝的喜悦之情，沦落为无穷无尽的不安和懊悔。既没有心情去打工的地方上班，也提不起叫应召女郎的兴致，日复一日、两点一线地往返于自己的家和"吸溜吸溜"。

那天，低垂的云层遮天蔽日。牛男没钱去"吸溜吸溜"喝酒，就坐在便利店停车场的混凝土围挡上喝着听啤。

正当他起身想去买点下酒菜的时候，忽然发现对面的大楼前人头攒动。围观者是一水的一穷二白的大小伙子。会不会是发酒了？

牛男的视线越过人群，看到墙上贴着一张粉色的海报。好像是地下有个小剧场，而这些男人都是在等候开场。难道是偶像活动？

海报上写着"剧团裂体吸虫计划 昆虫人面部刺穿表演"。演出

无人逝去

主题下方有一个女人，脸上涂着黑色墨水，露出空洞的笑容，像烧烤签子一样的细针扎在女人脸上。竟然有这种低俗的表演。

如此说来，晴夏在脖子被扎进东西之后依然镇定自若，会不会是因为她也经受过特殊训练？这个愚蠢的想法在牛男脑子里一闪而过。

牛男闷闷不乐地回到停车场，这时手机响了。

难道是晴夏？可就在按下接听键的一瞬间，牛男的希望破灭了。电话里传来一个拿腔捏调的男性声音。

"大亦老师，稿子写得怎么样了？"

茂木那张颐指气使的面孔顿时出现在眼前。

"茂木你听着。我已经不干作家了。总编那边你也去说一声吧。"

"喝多伤身啊。您再怎么大喊大叫，交稿日期也不会延后呀。"

"跟延后不延后没关系。我已经完蛋了。上周六——"

牛男用几声干咳截住了后半句话。

我好像捅了一个女大学生的脖子，把她给弄死了——这句话怎么听都像酒后狂言。反正那个女大学生还不是忽然之间不知所终了。

"——我倒了大霉。都怪你！"

"是吗。哪天您要是真不想干了，还请您知会我一声，我好向您要那十五万日元的餐饮费。对了，大亦老师，出大事了，保准吓您一跳。"

茂木莫名其妙地压低了声音。他好像是在户外，电话里能听见一些嘈杂的声响。

"什么事情？昆虫人打过来了？"

"我这次来白峰市和装订师见面，结果在返程途中碰上了一起车祸。"

白峰市。这个地名似乎在哪里听到过。

"好像是卡车失控，在居民区轧到了人，警察、急救人员、电视台的记者都来了，路上堵得水泄不通。这不，我这个推理小说编辑立马就起了兴致。就在我远远察看现场的时候，我发现了一位面熟的老人。"

"是你妈？"

"是秋山雨教授。"

牛男脑海中浮现出那张刻满皱纹的脸。

"他这家伙的卡车失控了？"

"不是。遇害者好像是秋山教授的女儿。"

牛男差点儿把手机掉在地上。嘴里泛起一股苦涩的味道。

秋山教授的女儿——不就是晴夏吗？

"……再、再说一遍。"

"我是说，秋山教授的女儿被车轧死了。我听那些记者说的，好像是被卡车拖行了二十米远，肚子以下都惨不忍睹。肯定是没救了呀。"

茂木一副看热闹不嫌事大的德行，说个没完没了。

出车祸的应该就是晴夏。可是她在兄埼市的情人旅馆身负重伤，又怎么会出现在白峰市的路上？

"你亲眼看见现场了？"

"没有。现场已经拉起了警戒线，从远处只能看见卡车。卡车也有些不同寻常。引擎盖都被撞瘪了，居然没有血迹，反而到处都是脓水一样的液体。"

对上号了，就是情人旅馆床单上的黄色污渍。果然是晴夏。

"还有一个情况，很吓人。出事之后她惨叫了差不多五分钟，这一带都听见了。据说，她是这么叫的——给我水。"

牛男惊起一身寒战。

这与奔拇族男人临死前不断重复的那句话如出一辙。

是人在弥留之际会感觉口渴，还是那个将奔拇族赶尽杀绝的东西也袭击了晴夏？

"哎呀，这是什么？大亦老师，现场突然冒出了一大堆像蚯蚓一样的虫子。这可真是怪事。大亦老师——"

牛男挂断电话，心里空落落地坐上微型汽车。

小剧场的入口处依旧是人满为患。牛男按着喇叭开出一条路，不管不顾地猛轰油门。

他只用了不到五分钟就回到了公寓，强忍着剧烈的头痛和恶心打开门，匍匐在地板上，随后打开了电视机。

换了几个频道之后，电视上出现了一名西装革履的记者。字幕写着"白峰市卡车失控导致一名女性死亡"。在居民区拉起的警戒线里，能看到很多调查人员的身影。

"——秋山晴夏女士为了躲避她的交往对象，从公寓里跑到这条马路之后，被卡车撞倒。"

记者一板一眼地播报。

"肇事的卡车驾驶员齐藤运供述称，他在撞倒秋山女士后，由于惊吓过度，大脑一片空白。此外，秋山女士的交往对象、因涉嫌对秋山女士施暴而被逮捕的榎本桶，对自己的犯罪事实供认不讳。"

榎本？

牛男不敢相信自己的耳朵。

"嫌疑人榎本在接受警方调查时供述称，二人因情感纠纷发生争吵，他殴打了秋山女士的面部和腹部。警方正在对事故进行详细调查——"

画面右下方打出一张牛男眼熟的脸部照片。照片里的榎本桶穿着学生制服，比着 V 字型手势。那张照片还是榎本离开孤儿院的时候和牛男他们一起拍的。

毕竟那小子也是推理作家，和晴夏保持肉体关系也可以理解。况且，也是他警告牛男出现了一个反常的粉丝。

那么，这件事怪就怪在晴夏身上。她在一个星期之前被牛男从床上推倒在地，脖子被割开，这种重伤状态怎么可能存活一个星期？她又怎么可能在这种状态下被榎本殴打，继而又被卡车撞死？

牛男抱着试试看的心态拨通了榎本的电话，只听电话那边传来"您所拨打的号码是空号，请核对后再拨——"

牛男听着电视里让人心烦意乱的声音，不知如何是好。

邀请

无人逝去

1

尊敬的大亦牛汁：

鄙人天城菖蒲即将迎来处女作《水底蜡像》发表二十周年的纪念日。

这二十年来，当代推理作家们笔耕不辍，成为鞭策我坚持创作的不竭动力。

为此，鄙人特备薄宴，向各位同仁聊表感激之情。

详情已随信附上。

八月十六日，鄙人在条岛恭候您大驾光临。

天城菖蒲

在公寓大厅门口，牛男睡眼惺忪地揉着眼睛。

地上散落着一大堆从信箱里溢出来的广告传单。他又不能视而不见，只得将它们拢到一起，这时，从按摩、清理下水道之类的广告里掉出来一个精致的奶油色信封。上面的邮戳已经是一个多月以前的了。

牛男拆开信封，里面是一张像婚礼请柬似的高档纸。他足足读了两遍才读明白，然而读到第三遍脑子又是一团糨糊了。

十年前，牛男曾出版过推理小说《奔拇岛的惨剧》。可是如今，即便是推理迷，知道这部作品的人也寥寥无几，况且本来也不是自己写的，因此牛男就没把这本书当回事，而这个寄信人似乎还是把自己当成一位作家。或许是因为他很喜欢《奔拇岛的惨剧》吧。不过，"天城菖蒲"这个名字对牛男而言很陌生。

牛男正要从信封里取出另附的那张纸，忽然手机来电铃声响了起来。

"店长，快来不及了！"

电话里传来艾丽的声音。牛男看看手表，已经过了十点半了。这块手表还是九年前那个自称是粉丝的女人送给他的。

"店长，你听见了吗？"

焦急的声音把牛男拉回现实。眼下可不是睹物思人的时候。今天十一点还有预约。

"听见了。马上就来。"

牛男把邀请函塞进口袋，动身前往休息室所在的公寓。

"店长，你又胖了呀。"

艾丽一屁股坐上副驾，还没坐稳便嫌弃地说道。

牛男的体重超过八十五公斤，那副尊容就像毫无节制的退役相扑力士。随着三十岁以后收入逐渐稳定，他平时也开始按时按点吃饭了，于是乎在饮食上就自我放纵了起来。

"这真是个要命的差事。压力太大了。"

牛男说着把肚子上的肉往裤腰里掖了掖。

"不就是把姑娘送到客人那里嘛。客人再难伺候，生意也得做呀。我们才更要命好吧。"

艾丽往嘴里塞着曲奇饼干，却也不耽误她反唇相讥。她腕上的手镯晃来晃去。

"还吃呢？你小心到时候也胖得跟猪一样。"

"我？我才不会呢。千万别把我和店长您相提并论。"

艾丽边说边对着后视镜整理头发。说得倒是没错。艾丽身姿曼妙，讨人喜爱的脸蛋也不逊于那些偶像明星。左上颚一颗银牙更加突显出她的楚楚动人，让客人们情难自已。她有很多回头客，最近半年一直是被客人点名挑选的头牌。

"手镯挺好看啊。你戴着还真合适。熟客送的？"

牛男拍马屁似的说着好话。

"戴了差不多十年了吧。我来面试的时候就戴着呢。看来我这人还真是入不了店长您这双眼呀。"

艾丽像是不想让牛男看手镯似的把右手背到了身后。

"十年前你应该还是个小学生吧？初恋小男友送你的？"

"人家已经二十六岁了啊。"

"欸？是吗？看你没有这么大呀。"

牛男打住话头。心说本想奉承几句，结果拍马屁拍到了马蹄子上。要是艾丽就此不干了，牛男多半要死在老板玉岛手里。

"二十六岁多好呀。又可爱，又性感。你什么时候开始干这行的？"

"就是来这儿以后。"

"好饭不怕晚嘛。怎么想到要来这儿？"

"眼下这当口怎么问起这个了？"

艾丽一副打心眼里不耐烦的样子。

"搞不懂呀。感觉像是鲜花插在牛粪上了。"

"倒也没有什么特别的原因。非要说的话，我是来学习的——不，应该说是来采访的。"

艾丽说完这句不明所以的话，又开始往嘴里塞饼干。

牛男把艾丽送到能见市郊外的情人旅馆，在接她回去之前还有一段空闲时间。眼下也没有新的预约，他也就懒得再回办公室。他把面包车停在便利店的停车场，放躺座椅，抽起了烟。

牛男感觉自己疲惫不堪。双腿就像灌了铅似的，嗓子沙哑，眼睛也浮肿了。

他在应召女郎店"玉转学园"当了快三年的店长。原本手下有两名店员，多少还算应付得过来，然而两周前出事了。负责开车的三纪夫被人打成了重伤。

三纪夫被发现时，正血肉模糊地倒在"玉转学园"办公室和休息室所在的公寓的一楼。他应该是把业内红人三叶小姐送去宾馆之后，在要返回办公室的时候遭到了袭击。从头盖骨到胫骨，共有十七处骨折，右眼球破裂，肝脏也错位了。通过分析从伤口处检验出来的涂料，凶手应该是用那种批量生产的金属球棒残忍地殴打了三纪夫。凶手至今逍遥法外，三纪夫也还在能见市综合医院住院。三纪夫在"玉转学园"上班之前曾在诈骗团伙做过收款人，可能因此得罪过什么人。

倘若这是一份正当职业，面临这种情况恐怕就要关门大吉了，然而老板玉岛却不允许"玉转学园"暂停营业。玉岛害怕回头客流失导致业绩下滑。拜他所赐，这两周从电话接洽到接送小姐，再到面试，都是牛男一肩挑。

每天的接送工作始于上午十一点，直到午夜十二点以后才能结束。除此以外的空闲时段，还要更新网站、和姑娘谈合作，没有一刻休息。接人送人之后，是他唯一的闲暇时光。

无人逝去

牛男从便利店买了一本杂志，靠在座椅上浏览着目录。都是一些平平无奇的标题，譬如艺人疑似实施暴力、陪跑候选人丑闻之类的，还有明星医生在航海旅行时与鲸鱼相撞弄折了脖子。真是活该。

牛男哗啦啦地翻着杂志。突然，一张熟悉的照片映入眼帘。照片被裁剪过，拍摄的是一个坐在轮椅上的老人。标题是《秋山雨教授持续跟踪大批岛上居民死亡之谜》。

文章内容耸人听闻，是典型的地摊文学，上面提到了文化人类学者秋山雨，说他在去年十二月患大肠癌去世，女儿死后他曾走火入魔似的埋头调查大批奔拇族人死于非命的案件，直至撒手人寰的前一天，他还在搜集和阅读案件资料。

牛男又想起了当初在摩诃大学见面时秋山教授那摄人心魄的目光。在那次见面的两年后，有报道称秋山的住宅被可疑分子闯入。犯罪分子似乎是在寻找什么，钱包和存折碰都没有碰，倒是把书房和仓库翻了个底朝天。当时接受电视台采访的秋山依旧是神采奕奕的。但是杂志照片拍到的他晚年的样貌，却是秃头驼背，形同妖怪。

报道称，时至今日，奔拇族人大批死亡的案件真相仍然迷雾重重。涌现出来的说法可谓是五花八门，既有内战、细菌感染、群体分离性障碍等严肃认真的假说，也有邪灵降临、巨型生物袭击等戏谑之谈。秋山家被人闯入之后，坊间又开始流传大国情报机关、环保组织参与其中的阴谋论。

九年前的回忆一连串地浮现在牛男眼前。涉嫌对晴夏施暴而被逮捕的榎本桶，现在又身在何处？他应该已经刑满释放，但始终没有音讯。

宁静祥和的住宅区，横冲直撞的卡车，再加上事故背后的元凶是一个年轻的推理作家，这些元素激发了社会的好奇心，当时博人眼球的新闻报道层出不穷。从榎本经营的二手书网店的营业额，到榎本和晴夏在情人旅馆里开的那间房的独特之处，乃至与整个案件没有分毫关系的一些事也都被煞有介事地报道了出来。牛男还记得即便是后来到了法院审理阶段，两人的关系也是争论的焦点，这些赤裸裸的话题着实让综艺节目热闹了一番。

那段时间，牛男觉得自己的生活仿佛被噩梦吞噬了一般。等他醒过神来，九年时间已经过去，他当上了应召女郎店的店长，浑浑噩噩地虚度着时光。这种人生，连他自己都觉得荒唐。

牛男沉浸在伤感的情绪之中，不知不觉已经快到那边下钟的时间了。他把面包车开出停车场，在情人旅馆门前停车熄火。

过了大约五分钟，入口处的门开了。艾丽挽着一个四十来岁的男人的胳膊走了出来。男子戴着墨镜，穿着一件看上去很高档的夹克衫，可惜这身行头被那锃光瓦亮的"光明顶"和肥胖凸出的大肚子白白糟蹋了。干牛男这行的每天都能见到这号主顾。在那人的牛仔休闲裤大腿内侧附近，有一片颜色很重的污渍。

艾丽鞠躬行礼，面带笑容地挥着手。可是那男人并没有意识到这是在对他告别，依旧啰里啰唆地说个不停。这个呆头呆脑的家伙。直到艾丽坐上面包车的副驾驶位，那男人还待在旅馆门口。

"这客人漏裤子上了？"

牛男一边打着方向盘一边问道。艾丽关上车门，收起笑脸，啃着之前没吃完的饼干。

"不是呀。那是沾上的化妆水。"

"新客吧。说是姓佐藤，不过应该不是真名。你感觉怎么样？"

"嗯。他好像挺喜欢我的，但是人有些怪里怪气。"

"看面相，脑子是不大好用。"

"是有点儿这个意思，"艾丽的表情像是咬到了舌头，"也说不出哪里不对劲，可就是感觉有点儿怪。噢，他随身带了一大堆手机。"

"这是为什么，难道他是倒卖手机的？"

"不知道。对了，店长，我想去一趟便利店。"

艾丽指着一块招牌说道。恰好是十分钟之前牛男小憩的那家便利店。

面包车刚刚在停车场停稳，艾丽便从副驾跳下车跑向便利店。

为了留住这些女孩，对她们的需求要百依百顺，这是牛男这份工作的一项金规铁律。对于牛男而言，不论是老板玉岛还是红人艾丽，都骑在他的脖子上面。

牛男也下了车，想呼吸一下新鲜空气。便利店飘来香甜的气味。阳光很刺眼。

"轰轰——"

牛男身旁忽然响起摩托车炸街的轰鸣声。

随即是轮胎摩擦柏油马路的声音。

他刚转过身，脸上猛然一阵剧痛，腰部撞在了车盖上。他两眼发黑，回过神之后便扑倒在地上呕吐起来。

牛男抬起头，只见一个男人戴着头盔，举着一根金属球棒。这人身后就是那辆歪倒在地上的摩托车。

金属球棒劈面而来，牛男向后闪身躲开。只听得咔嚓一声，驾驶位的窗户被砸出了一片裂纹。

这一下显然是想置牛男于死地。这一定是袭击三纪夫的那个人。

"疼死了。我们店招惹你了吗？——"

"佐藤先生？"

身后传来艾丽的声音。头盔男的肩膀哆嗦了一下。

回头看去，艾丽正目瞪口呆地站在便利店门口。右手拎着一个塑料袋，袋子里装的是冰激凌和口香糖。

"佐藤先生，你在干什么呀？"

艾丽冲着头盔男喊道。艾丽对他的称呼提醒了牛男，这男人的身形确实很像在旅馆门前和艾丽说话的那个人。尤其是那个圆滚滚的肚子，以及牛仔裤沾染的污渍。

"——哎呀，我的头。"

那男人忽然像小孩子一样发出尖利的叫声。艾丽像棒球投手一样，拉开姿势投出一根红小豆冰棍。冰棍正中头盔，头盔里随即传出一声惨叫。

男人掉头就跑，发动摩托车然后驶离了停车场。

牛男晕头转向地拉开车门，一头栽倒在后座上，鲜血从鼻孔里喷了出来。

"你的身手还真不赖。你倒是早点来帮忙啊。"

"抱歉。不过话说回来，英雄人物不都是等到紧要关头才出手的嘛。"

艾丽难得开个玩笑。她从化妆包里取出纸巾，按压在牛男脸上。纸巾眨眼间便被染红了。

"那家伙抢棒子的时候可是下死手了，冲着我的脸就来了。疼得我以为脑浆都被打出来了。是你对他说我什么坏话了吗？"

"我可什么都没说。你还想赖我啊？"

无人逝去

"那么那家伙为什么这么干？大热天的脑袋给热坏了？"

"哪有的事。那人只是不想让司机记住他的长相。"

艾丽把牛男的双腿拖到座位上，手上的动作就好像她正在处理什么脏东西。

"你这话什么意思，接送应召女郎的司机关客人什么事？"

"可是三纪夫和店长都接连遭到了袭击呀，佐藤先生还亲口说他盯上了司机。"

"做这种事又有什么意义呢？"

"关键在于佐藤先生总是装作一副新客人的样子。他明明和三叶小姐一起玩过，但是今天还假装是第一次和咱们店做买卖。这人不喜欢让他叫来的小姐发现他以前嫖过。于是他注册了很多手机号，用不同的号码联系不同的小姐。

"但是如果被司机记住了长相，就算他换了电话号码也会露馅。这样一来小姐们不就知道他是个老手了嘛。其实不和他一起出旅馆就没事了，不过今天我的体验还蛮不错的，就想和他一起等你过来。结果他无可奈何，只能去殴打司机了。"

艾丽滔滔不绝地说着，关上了后排的车门。她的一番解释倒是合情合理。

"了不起啊。你是推理小说迷？"

"我喜欢推理，不过算不上迷。"

"你扔红小豆冰棍也太厉害了。参加过社团活动吧，棒球部的？"

"猜错了，是垒球。"

艾丽前后活动着手腕。手镯也随之晃动。

"嘿，店长，鼻血止住之后就能开车了吧？"

"我看悬。那一下子劲头太大了。"

"知道了。那我去叫老板吧，你把手机给我用一下。"

艾丽从副驾伸过手，在牛男的裤兜里摸索，手到之处响起了纸张摩擦的声音。

"咦呀？"

艾丽突然一声怪叫。

牛男抬起头，只见艾丽手中拿着一个奶油色的信封。就是那张寄到公寓邮箱的邀请函。

"店长，你之前是个推理作家呀？"

艾丽抽出邀请函，满脸疑惑地问道。

得了，还是暴露了。

"是的。厉害吧？"

"大、亦、牛、汁……哎哟，《奔拇岛的惨剧》的作者，真的假的？"

"这还有假。佩服不佩服？"

艾丽打开化妆包，从包底翻出一个奶油色的信封。

"其实，我也是。"

2

"你这东西也敢小瞧我？"

牛男冲着天花板上的感应器啐了一口。

自打刚一睡醒，牛男就隐隐感觉今天不顺，但没想到还没出宾馆就撞上了倒霉事。牛男对着监控摄像头竖起了中指。

宾馆的服务员实在看不下去了，小跑过来前前后后地在感应器

无人逝去

前晃了好一会儿，自动门这才打开。

海风习习，面前是浩渺无垠的太平洋。渔民们在码头往来穿梭，人群中零零星星地夹杂着几个外地男女的身影。艾丽在集装箱后面抬头仰望着海鸟。

手表表针指向六点五十。还有十分钟，就是集合的时间了。

由于定在早上出发，邀请函内还一同寄来了出发前一晚的宾馆住宿券。有钱人考虑问题就是周到。

"玉转学园"从今天开始暂停营业，为期五天。而玉岛之所以会在这个时候选择停业，其中有着复杂的考量。佐藤袭击了牛男，如果玉岛对佐藤不闻不问，就会显得脸上无光，然而其人又不知去向。为这点事还犯不上动用背后撑腰的黑道势力。于是玉岛便故意营造出一种"被迫停业"的假象。不过一周前就排满了的头牌小姐预约已经不能取消了，所以昨天牛男依旧是一直忙到了深夜。

"哎哟，女英雄，起得挺早啊。"

牛男戳了一下艾丽的后背，艾丽吓得一蹦，摘下了耳机。艾丽虽然也一样工作到深夜，但是气色看上去比平时还要好一些。她嘴里嚼着口香糖。

"我还以为是哪儿来的变态呢。"

艾丽的表情就像踩上了一泡屎。自从得知牛男的作家身份，艾丽反倒愈发肆无忌惮地对牛男出言不逊。可能在她看来既然大家都是一路人，说些污言秽语也无妨。

"我从来没想过能和艾丽一起休假呢。"

"你注意点，我现在是金凤花沙希。别再叫那个花名了。"

艾丽瞪着牛男，压低嗓音说道。

"你这笔名也太土气了吧，像个老太婆似的。"

"没办法。上高中那会儿觉得这个名字可棒了。"

作家艾丽——不，作家金凤花沙希十年前在文坛崭露头角。她的处女作是《春宫铃子的推理》。这本书讲述的是泷城高中高二年级的名侦探春宫铃子，与日本垒球运动员浅野琉璃组成搭档，联手破解校园谜案的故事。成名时沙希只有十六岁，她创作的具有校园特色的解谜推理广受好评。

高中毕业后，沙希以每年两三部的创作速度继续出版泷城高中系列，但是到了第五年，销量开始停滞不前。沉寂了大约一年后，她在去年出版了《应召女郎侦探的回转》。主人公叶芽是国内最高档次且业内首屈一指的萝莉系应召女郎，但是当她用 Isodine 品牌的漱口水漱口之后，就会摇身一变成为推理能力奇绝的名侦探。曾经的女高中生作家文风突变，也促成了这部推理小说在畅销榜上的异军突起。

"你干脆改名叫玉转子算了，正好跟作品搭调。"

"我干吗要听一个昙花一现的货的建议？"

艾丽撇着嘴说道，唇角露出了闪闪发光的银牙。

"打扰，请问你们二位是要去条岛吗？"

一个陌生的声音问道。两人转过身去，只见身后站着一个怪物一样的男人。这是个身板不逊于牛男的彪形大汉，金属穿环挂得满脸都是，年龄有三十五六岁。走夜路的时候要是撞上这副尊容估计会被他吓得掉头就跑，不过细看他的神态，却流露出几分稚气未脱的模样。

"你这张脸还真是吓人。难不成你是个变态色情作家？"

牛男口无遮拦。艾丽连忙踩了一下牛男的靴子。

"我叫金凤花沙希。这位是大亦牛汁老师。我们是要去条岛的。"

"金凤花老师和大亦老师！见到你们二位真是我的荣幸。我叫四堂乌冬。"

怪物表情恭敬地深鞠一躬。

"这名字起得真是随意呀。你家里是做乌冬面的吗？"

"不是。我家是开鞋店的。"

"四堂老师可是幽默推理的鬼才。《银河红鲱鱼①》是可以排进生涯十佳的作品。他在推理过程中擅长运用别具一格的世界观来实现反转，让人直呼精彩。"

艾丽有些刻意地奉承乌冬。

"感谢你的褒奖。我也很喜欢泷城高中系列。《春宫铃子毕业》里面铃子坦言推理有误的那一幕让我大为震撼。我不仅喜欢追寻真相的过程，也很喜欢你塑造的铃子这个充满矛盾的人物形象。"

乌冬一边说着一边不停发出"不、不""唔、唔"之类令人毛骨悚然的怪声。

"你见过天城菖蒲吗？"

"没有没有，怎么可能？"乌冬摇摇头，"天城老师是实实在在的匿名作家，没人知道他的真实身份。我做梦都想不到自己能受邀前往《水底草子》中的条岛。"

"水底草子？"

---

① 红鲱鱼（red herring），因其气味与狐狸相似，欧美地区用其训练猎犬，后引申为"为转移注意力而提出的虚假事实或论点"，也是推理小说等文学形式的创作手法之一。——译注

"那是天城老师的一部散文集，描写的是他的日常生活。这部作品的特点是虚实结合、真真假假，前一天还优哉游哉地在东京的酒吧里喝酒，第二天便已经徜徉了异国他乡的热带雨林。文中提到他每年都要多次乘船前往条岛，但从未点明具体位置和所行的目的，这也引发了粉丝们的种种猜想。你要看一看吗？"

乌冬说着，伸手要从挎包里拿书，牛男按住他拉拉链的手。

"不用不用。要是夏威夷岛或者关岛那样的岛，我还是挺向往的，至于条岛，怎么像个悲观厌世的作家才会喜欢的地方？"

"确实是座无人岛。它位于西之岛西南方向二十公里远的地方，远离人间烟火。从东京湾出发，途径父岛，全程需要二十八个小时，就算租船直达也要整整一天。"

"整整一天？"

换句话说，哪怕是即刻出发，到那里也得明天早上了。

牛男心烦意乱地点燃一支烟，这时，一个方才在码头游荡的矮个男人走了过来。棒球帽、女士披肩、对襟线衣、休闲裤、行李箱，从头到脚都透出一副寒酸相。脖子上像中学生那样挂着一个狗牌，摆谱似的叼着一根抽了一半的烟，典型的年轻嫖客做派。

"你们好，各位都是推理作家吧。我是自杀幻想作家阿良良木肋。请多多指教。"

矮个男人装模作样地说道，随后依次和三个人握手。牛男也不得不伸出手去。

"这是打哪儿又冒出来了一个。自杀幻想，那是什么东西？"

"你没听说过呀。虽然这个词在心理学范畴另有解释，不过在我这里，我把那些自杀未遂的人在鬼门关走那一遭的时候出现的幻想统称为自杀幻想。这些人的幻想可是五花八门啊，有的是走进了

无人逝去

一条黑暗的隧道，有的是漫步在鲜花丛中。我取材于自杀未遂人群，然后以他们的幻想为基础来创作小说。这是我的代表作，请你们收下。"

肋说着就要从行李箱里拿书。这帮家伙怎么一个个都是自来熟！

"不用了。既然你不是推理作家，怎么还被叫到这里来了？"

"其实我有一部叫作《最后一餐》的作品。这部小说的灵感来源于一个遭受霸凌的中学生，他曾经幻想自己狼吞虎咽地吃玻璃，结果这部作品得到了推理界的高度评价，还获得了推理作家协会奖。"

"这么说来你其实对推理并没有什么兴趣喽。"

"当然不是，我非常喜欢推理。这也是我来这里的原因。"

肋拔高了嗓门。这号人总是没完没了地自我吹嘘。

"哎呀，那是真坂齐加年老师。"

乌冬指着宾馆门口说道。

只见宾馆里的一个身影走向自动门。与牛男不同，自动门人到门开，随后一个西装革履的男人出现在众人面前。他梳着三七分的短发，剑眉鹰眼，年龄在四十岁上下。

"这张脸一看就是个作家。"

"他的本职工作是一名麻醉科大夫。你没有看过《重生脑髓》吗？他利用尸变制造的诡计设计简直绝了。"

艾丽扬扬得意地瞧着牛男。

"人都到齐了吧？我叫真坂齐加年。今天由我带领各位前往条岛。"

齐加年的口吻就像学校里的校长，说话间还将众人打量一番。

"天城老师现在在哪里？"

"已在条岛恭候各位了。咱们赶快出发吧。"

在齐加年的引导下，四人走上停泊在集装箱后方的一条游艇。

这条游艇长约二十米，高约五米，外形就像一颗古怪的鸟头。通体锃光瓦亮，可见平时养护得很好。船身侧面写的是"PRINCESS HARUKA TOKYO"。

"Princess Haruka Tokyo，什么意思？"

"是这艘游艇的名字。"

齐加年在栈桥上驻足说道。东京 Haruka 公主。这难道是他情人的名字？

"要是我来起名，它就该叫'成金丸'了。"

牛男嘴里说着俏皮话，迈步登上游艇。

3

晚上七点十五分。太阳沉入地平线，海面上夜幕降临。

甲板上，牛男靠着栏杆抽烟。他的卫衣上还沾着日式七轮炭炉烤肉丸子的油烟味。其实方才众人都在船舱里吃着晚饭，但是艾丽、肋和乌冬不停地互相恭维，他听得肉麻，百无聊赖便来甲板吹风。

牛男心生悔意，原本他来参加这次奇妙的旅行，就是希望再也不用为工作定额发愁，摆脱那种狗屎一般的生活。然而自己本身就不是作家，对推理小说也没有太大的兴趣，充其量是十年前阴差阳错地用一份落入自己手中的书稿，去出版社讨得了一口饭吃而已。

牛男凝视着从甲板滚落的水珠，忽然听到船舱的门开了。

无人逝去

"哦哟,这不是店长嘛。"

艾丽作势要返回舷梯。

"再这么叫我,我给你扔海里去。你现在可是连商品都算不上。"

"哈哈哈,你可真会说笑话。我也累了。"

艾丽倚着栏杆,把口香糖吐到海里。飞溅的海水打湿了她连衣裙的袖子。

"我从小一出门旅行就倒霉。小学去远足的那天早晨,我妈死了,中学去修学旅行的头一天,我哥又死了。这次休假我也有预感,肯定是倒霉透顶。"

"你能说点好听的吗?"

"走着瞧吧。那个叫咱们来的天城菖蒲,真的是个很了不起的作家?"

"唔——怎么说呢,可能称他为文坛泰斗并不是很贴切,但他确实是一位拥有众多狂热拥趸的作家。他的成名作《水底蜡像》也被改编成了电影,不过对于年轻读者而言,或许还是有些陌生。况且他最近也没有新作品问世。"

随后艾丽便兴奋难掩地给牛男讲述了《水底蜡像》的故事梗概。

"我"是一名外科医生,一九四七年"我"的女儿因海难丧生,于是"我"登门求见年事已高的私家侦探浪川草一。在老侦探居住的宅邸的地下室里,陈列着仿照尸体制作而成的、惟妙惟肖的蜡像。浪川虽然侦破了诸多离奇案件,但依然饱受罪恶感的折磨,因而他制作蜡像,以此告慰死者的在天之灵。

由于暴风雨的缘故,"我"留宿在浪川府上,也因此惊愕地发现了浸泡在地下室水槽里的蜡像。其中那具仿造溺亡尸体的蜡像，和"我"的女儿长得一模一样——

"不过，说起贺茂川书店的畅销书，最有名气的还是《奔拇岛的惨剧》。"

"等一下。尸体是漂在水面上的，可是蜡像是沉底的，那蜡像怎么还原淹死的尸体？"

"你的关注点居然在这里？"艾丽放声大笑，"这是虚构的推理小说，不必在意这些细节吧。"

"什么叫不必在意？你是不知道《奔拇岛的惨剧》怎么被人挑刺来着。"

"你那是诡计设计站不住脚。我听说人溺水之后会因为恐惧吸入大量的水，而水挤压体内的空气，将其排出。基本上淹死的尸体都会先沉入水底，当尸体腐烂之后，产生的气体积聚到一定程度，尸体才会再次浮出水面。蜡像还原的不就是还没漂浮起来的尸体嘛。"

"你还挺了解淹死的尸体啊。"

"毕竟我也是个推理作家嘛。"

艾丽从牛男的口袋里掏出烟盒，得意地叼起一根烟。

"我看这个天城菖蒲写的小说还挺上档次的。我这个人，最头疼那种不好伺候的大姐。"

"谁知道呢？他是匿名作家，说不定是个像我一样的女孩子呢。"

"发表处女作不是都二十周年了吗，怎么可能像你一样？弄不好还真是个老太婆。"

"天城老师也想不到他叫来的人是应召女郎店的店长和小

无人逝去

姐吧。"

艾丽打着哈欠笑道。

牛男把上身探出栏杆，溅起的水珠打在他的脸上。

"二位看上去很开心呀。"

两人回头，只见齐加年站在身后。他似乎是刚从驾驶室出来，还戴着黑色的手套。艾丽像学生见到老师一样，把烟藏了起来。

"你不应该好好开船吗？到时候像那个明星大夫似的撞上鲸鱼变成了河漂子，可别怪我没提醒你。"

"这一带没有礁石，开自动巡航模式没有问题。十年来每个月我都驾船出海，从来没有遇到过你说的那种意外。"

齐加年气定神闲地化解了牛男的挑衅。

"你和天城老师是熟人吗？"

"不是，这是第一次见面。只不过因为我有游艇，所以便担负了带路之职。于我而言，能够受到邀请，已经是不胜惶恐。"

齐加年给出的理由是牛男这等一贫如洗之人根本想象不到的。

"条岛还有多远？"

"航程已经过半了，明早就能抵达。差不多到了该休息的时候了，二位晚安。"

齐加年说这话的腔调更像校长了。

两人回到船舱，发现灯还开着，乌冬和肋却已经睡着了。

艾丽捂着鼻子。舱内除了油和啤酒的味道，还弥漫着呕吐物的臭气。

"这些家伙吐了吧。推理迷就这点酒量啊。"

"不像。这味道从通风口进来的吧。"

艾丽抬头望着天花板说道。在艾丽的催促下，牛男把脸凑近通风口，一股公共厕所一般的恶臭扑鼻而来，肚子里的东西直往上反。该不是耗子什么的死在里面了吧？牛男从工具箱里拿出水包布将通风口堵住。

"真是驴粪蛋子表面光。这就是有钱人的东西，中看不中用。"

"话说咱俩的床是不是被占了？"

艾丽噘着嘴说道。船舱右手边有一个上下铺，但是肋躺在上铺，乌冬霸占下铺，两人已是鼾声大作。舱里只剩一张简陋的床铺，上面既没有隔断也没有床垫，就是一块不大点的床板子，铺着一层又薄又硬的棉被，不过这也好过直接裹着毛毯睡在地上。

"喂，胖子，滚一边去。"

牛男飞起一脚，踹在乌冬的肚子上。然而乌冬连眼皮都没抬，只是嘴巴像试戴假牙似的吧唧了两下。

"你不也是个胖子嘛。算了算了，趁早关灯吧。"

艾丽待在舱室的角落，裹着毛毯一脸嫌弃地说道。

本来船舱就空间逼仄，睡在一起的人还个个都是膀大腰圆。不出所料，倒霉透顶。牛男心情郁闷地拉下了从天花板垂下来的灯绳。

船舱顿时被黑暗笼罩，仿佛是墨水涌入了舱内。

"疼死了！"

一声粗重的惨叫把牛男从梦中惊醒。

牛男惊慌失措，一跃而起拉亮了灯。灯泡的光芒一时间刺得他睁不开眼。

那一声惨叫来自乌冬。只见他双目圆睁，像哮喘病人似的大张着嘴。他捂着左耳朵，鲜血顺着指缝往下淌。睡在旁边的牛男胳膊上也沾了血。

"出、出什么事了？"

艾丽站起身，战战兢兢地观察着乌冬的脸。肋和齐加年也都坐了起来。

"抱、抱歉。是耳环——"

他松开捂着耳朵的手，露出了耳郭上被划开的口子。地上有一个沾满血污的金属片。他脸上的穿环一个挨着一个，都快把脸挡住了，睡在如此局促的地方，保不齐会有一个两个穿环脱落。

齐加年跑出船舱，去驾驶室拿来了急救箱。他给乌冬的耳朵抹上消毒药液，又用胶带固定好纱布。过了大概五分钟，血止住了。

"脓水排出来就没事了。不放心的话可以去整形外科就诊。"

齐加年用医生的口吻说道。

"真是不好意思，已经没事了。吵到大家了。"

乌冬一脸惶恐地说道，披着毛毯，缩在床旮旯里。

"我还以为这就要死一位了呢。可惜了啊。"

"别说那有的没的。"

艾丽不耐烦地打断了牛男的冷嘲热讽。

牛男看看手表，时间才到八点。表盘沾上了乌冬的血。血已经凝固了，牛男本想用指甲把血迹刮下来，结果却留下了划痕。牛男只得解开表带，把手表放进衣兜。

只当刚才是做了一个无聊的梦。牛男心里想着，拉灭了电灯。

船舱再次陷入黑暗。

"咚"，有什么东西撞上了船底。

啤酒罐翻倒在地，撞击舱壁发出声响。地板向一边倾斜，牛男感觉身体仿佛被舱壁吸了过去。

"啊呀！"

牛男听到头顶上方忽然爆发出一声惨叫。伴随着左臂突然的剧痛，肋从上铺摔了下来。听上去他就摔在牛男近旁，像一条亢奋的狗一样喘个不停。

"这次又是怎么了——"

警报声淹没了艾丽的声音。牛男突然有种极为不祥的预感。

船舱里灯光骤亮。灯绳还攥在齐加年的手里。肋表情狰狞地蹲在牛男身旁。应该是剧烈的疼痛导致他呼吸困难。

"咔嗒"一声，座钟指向了十一点半。艾丽被吓得肩膀哆嗦了一下。

"我出去看看。"

齐加年一个箭步冲出了船舱，牛男紧随其后。艾丽也跟了出来。

走上舷梯，只见甲板歪向一边，海面近在咫尺。船底传来"咣、咣"的撞击声。

海面上掀起滔天巨浪，有个东西在浪涛中若隐若现，好像是一个巨大的鱼鳍。

"是鲸鱼。这么大的块头。"

齐加年用手扶着甲板叫道。

"我不是早就说过了嘛，你赶紧想办法。"

"我这就去调整航线。你们扔东西把它给我赶走。"

齐加年霸道地下达命令，然后跑进了驾驶室。

"真把我们当成小屁孩了。"

无人逝去

　　牛男随手抓起甲板上七零八落的杂物扔了出去。鱼竿、船桨噼里啪啦地落入海中，旋即消失不见。

　　"前垒球部的运动员不露两手让我开开眼？"

　　"你真烦人。这就来。"

　　艾丽从船舱里拿出工具箱，取出修船用的长钉，瞄准鲸鱼投了过去。钉子正中鲸鱼侧腹。牛男情不自禁地比了个"V"型手势。

　　"厉害啊。其实你是飞镖部的吧？"

　　"到了关键时刻英雄人物自然就会出手。"

　　艾丽一枚接一枚地投出钉子，约有三分之一刺中了鲸鱼。

　　当甲板上已经没有东西可扔时，鲸鱼也终于消失在了游艇的后方。

　　"差点儿死在反捕鲸组织的手里。"

　　"好歹船没有被鲸鱼弄沉。"

　　齐加年摇摇晃晃地走出驾驶室。他的刘海湿透了，医生的威严荡然无存。

　　"伤、伤员没什么事吧？"

　　他这一问，大家这才想起来肋还蹲在船舱里。

　　齐加年走下舷梯，打开舱室的门。两个男人摔倒在地，和七轮炭炉、啤酒罐子、毛毯滚作一团。乌冬直不起腰，肋哭得眼睛都肿了。看上去肋从床上摔下来的时候弄折了左臂。虽然没有外伤，但是胳膊软绵绵地耷拉着，就像一个关节损坏的人偶。

　　齐加年用夹板和绷带固定住肋的手臂，然后让他服下了止疼片。

　　"绷带绝对不能拆。一旦骨头错位，那就要动手术了。"

　　"这都算什么事啊。拍真人秀吗？"

乌冬无精打采地说道。

"那倒是，把录像卖给电视台说不定能赚一笔。"

牛男掏出手机按了按，没有任何反应。应该是被海水泡坏了。

"你们是一群白痴吗——老师，麻烦你把这个给我。"

艾丽从急救箱里取出创可贴贴在了食指上。似乎是刚才投掷钉子的时候划破了指肚，上面有红色的血痕。

"你瞧。这次休假是不是糟糕透顶？"

牛男讥讽道。

"你怎么这么烦人。比起应付那些脑子有毛病的客户，这岂不是游刃有余？"

艾丽有气无力地说道。

座钟指向十一点五十。牛男猛然反应过来，平常这个时间自己还没有下班。他不胜其烦地拉下灯绳。

船舱里第三次被黑暗吞噬。

4

游艇终于抵达条岛，此时已快到下午两点。

按计划到达的时间本应该是在早上，但是游艇与鲸鱼的猛烈碰撞导致引擎发生故障，只能慢速航行。早晨七点之后众人曾齐刷刷地登上甲板，当条岛映入眼帘，他们爆发出一阵欢呼，仿佛发现了什么金银财宝。

条岛四面都是悬崖峭壁，宛如一块走形的布丁。仅有一处山崖像被勺子挖掉一块，缺口中涓涓细流汇入海中。

悬崖上有一座教堂模样的西式宅院。杳杳钟声乘风而至。

无人逝去

"那就是天城菖蒲的别墅吧，有钱人就是喜欢住在不方便的地方。"

"那里叫作'天城馆'。我在文章里看到过。"

乌冬得意地说道。脸颊上的穿环像铃铛似的晃动起来。

齐加年驾船顺时针绕岛一周，寻找能够停船的地方。

"奇怪，怎么没看到天城老师的船。"

"你没有派用人来接你吗？有钱人不都是前脚下船后脚就上出租车的嘛。"

听到牛男的俏皮话，齐加年依然阴沉着脸。

"那如果天城的船不在，会有什么麻烦？"

"我们的船因为撞上鲸鱼，引擎坏了。尽管不影响驾驶，但是油耗很快。这样下去剩余的油料就会不够我们返程。"

齐加年的话让众人很是意外。

"你倒是早说啊。这不是意味着我们没法离开这个岛了吗？"

"我原本打算与天城老师商量一下，看看能不能借船一用。眼下老师的船不在，那可就麻烦了。"

"到时候叫负责接送的人送我们不就行了？"肋没有丝毫慌张，拍了拍齐加年的肩膀，"咱们还是先上岛吧。"

因为没有找到码头，齐加年便把游艇搁浅在河口旁的一处浅滩。前后的甲板落下船锚固定住船身。随后放下梯子，众人依次顺着梯子下船。

脚踩进沙子，海水随即没过脚踝。虽然穿着靴子在水里走路的感觉很不舒服，但是海水里到处都是废旧金属和木块之类的垃圾，光着脚根本没法走。

"齐加年老师，这个麻烦你帮我拿一下。"

肋把行李箱递给齐加年，只凭一只右手便很麻利地走下了梯子。惯用手没有骨折，算得上是不幸中的万幸。脖子上的狗牌挂在对襟线衣的衣领上。

齐加年背起行李箱，用腰带将其固定好，然后像一只蜗牛似的走下梯子。

五个人全部下船之后，一起"哗啦哗啦"地蹚着水向沙滩走去。

"岛主人就在那儿吧。"

肋指着悬崖上的洋房说道，话音刚落，便传来一阵钟鸣。

"这悬崖该怎么上去？"

"河边应该有台阶吧——"

"啊呀！"

乌冬突然连连倒退。他肥硕的后背把肋顶翻在地。牛男脸上也溅上了海水。

"我、我不去了！"

乌冬吓得面如土色，尖叫着想要跑回游艇。众人看向他刚才站立的岩石，只见上面攀附着红色的海参。

"海参怎么了，你想吃啊？"

"对、对不起。我、我、我害怕。"

"原来是海参恐惧症啊。没事的，来，放松，深呼吸。"

齐加年抚摸着乌冬的后背说道。乌冬的额头上冒出大颗大颗的汗珠。就好像他的爹妈是死在海参手里似的。

"你跟在我后面走吧。放心，看到海参我会提醒你的。"

听到齐加年安慰的话语，乌冬夸张地深吸了几口气，点了点头。两人一前一后地开始行进，就像母鸭领着小鸭。在他们后面，

无人逝去

浑身湿透的肋扶着艾丽的手站了起来，起身之后便打了个喷嚏。

"看，那里有什么东西。"

众人行进到距离沙滩约十五米远的地方，艾丽忽然指着悬崖说道。在她所指方向右侧有一座圆木小屋，离地约有五米。定睛细看，那些搭建起来的圆木就像粘在悬崖上面似的。

"是个瞭望台吗？"

牛男五人先后走上沙滩，晴空之下，仰望那座小木屋。支撑小屋的圆木像箭楼的立柱似的十分精密地搭建在一起，木屋与山崖之间有一个狭窄的空间。小屋的屋顶是洋铁皮材质，墙面则是用圆木堆叠而成。地板开了一个方形的洞，洞里有一架梯子连通沙滩和小屋。

"喂，有人吗？"

肋冲着上面叫道。无人应答。

"上去看看吧。"

"我也去。"

齐加年和艾丽主动请缨。伤员和两个胖子都没有吭声。

齐加年当先把手搭在横木上。圆木的接缝处随即"咯吱咯吱"地发出了令人心惊肉跳的声音。齐加年用双臂稳住身体，慢慢爬上梯子。

"这里究竟是什么地方，一间作坊？"齐加年钻进小屋地板上的洞，说道，"架子上全是工具。"

跟在后面的艾丽身手矫捷，三下两下就爬上了梯子。

"真的是欸。美工刀、刻刀、锤子、柴刀、锥子、木刀、铁钉、绳子、石膏、血浆。还有一个装着硫酸的瓶子。"

"听起来像地下党的据点啊。"

"快看，这里有一个还没有上完颜色的蜡像。原来这是一间工作室。"

"啊呀呀！"乌冬怪叫一声，"那个蜡人该不是没手没脚，或者身上有伤吧？"

"你说对了。它的胸口插着一把锥子。"

"果然如此！天城老师自己也用蜡像仿制尸体——怪不得能写出《水底蜡像》那样严谨的作品。"

乌冬两眼放光，崇拜不已地说道。

之前艾丽曾向牛男介绍过《水底蜡像》的大致情节，书中人物之一的老侦探就是通过制作蜡像来凭吊案件的受害者。不知是这名老侦探的所作所为折射出了作者的兴趣爱好，还是作者受到笔下人物的启发萌生了相同的兴趣。柴刀、锥子、木刀、铁钉、绳子、血浆、硫酸，这些想必都是用来还原尸体本来面貌的工具。

"这里还有人脸和手臂的石膏铸模。把蜡灌注到里面，蜡人就做出来了。"

"先不说蜡人了，找到这座岛的地图没？"

"……没有，没看到。"

之后两人再没有特别的发现，于是便爬下梯子返回沙滩。

"我们还是先去河边吧。"

肋招呼大家说道。五人一个跟着一个沿着沙滩走去。

约莫走了五分钟便抵达了河口。这里的悬崖被铲出了一道缓坡。

"猜对了！"

肋得意地打了个响指。众人面前是一条与河流平行的石阶路。

齐加年率先踏上石阶。石阶的踏面很宽，走了半天也没走多

无人逝去

高。石阶上留下了五个人湿漉漉的鞋印。

走了大概十五分钟，天城馆映入眼帘。天城馆一侧的河道形似笔画"撇点"，转弯后上游还在山坡更高处。天城馆大门外的河流上是一座由圆木搭建而成的桥。

天城馆由三座建筑组成。中央主楼左右各有一座建筑，将主楼夹在中间。不过，只有主楼建有西式风格的钟楼和大门，两侧的建筑都是日本乡下随处可见的平房。主楼墨绿色的门廊彰显了庄严肃穆的氛围，然而砂浆粉刷的墙面已经发霉，屋顶约有三分之一的瓦片也已经剥落。悬挂在尖塔上的钟像一个小玩具，显得如此简陋。

"这栋楼是不是有些歪？"

乌冬忧心忡忡地问道。站在主楼正面看去，地面确实是倾斜的。楼座的底面与水平线相差约有五度。

"跟滑坡了似的。这是让咱们这些人来一次废墟旅行？"

牛男说道。

"你这么说话有点没良心吧。天城老师好心邀请，你太没有礼貌了。"

齐加年呵斥道。

"你小子不也没见过他吗？大家该不会是上当了吧。"

"不会的，绝对不可能。"

齐加年穿过门廊，按响了玄关的门铃。另外三人神情倦怠地望着门口。

一分钟、两分钟——等了许久也不见有人开门。

齐加年疑惑地向门伸出手去，转动黄铜门把手。

"门没锁。"

门应声而开。齐加年一边喊着天城菖蒲的名字一边走了进去。

牛男等人跟在他的后面。

阳光透过黯淡的花窗玻璃洒落在门厅之中。立柱上有一座挂钟，表针指向三点四十五分。由于地板是倾斜的，吊在天花板上的球形吊灯同样歪向一边。齐加年按下墙上的开关，吊灯发出橙色的光。

正对面是一道宽大的楼梯。门廊一分为二，从两侧紧贴着楼梯向后延伸。

"太好了，那里有鞋子。"

肋指着右手边一个靠墙的置物柜说道。打开柜门，里面乱七八糟地堆放着水桶、拖把、抹布、鞋拔子、铁锹、麻绳。柜顶摆着五双在散步时穿的运动鞋。

"鞋底还很干净。看来没人穿过。"乌冬拿起运动鞋，认真审视地说道。看来他家确实是开鞋店的。

五人换下被海水浸湿的鞋子。牛男和乌冬的鞋并不合脚，但也没有别的选择。只能把鞋带完全解开，把脚挤进去之后再打上蜻蜓结。

"牛汁老师，这结打得有失水准啊。"

鞋店的儿子苦笑道。牛男还是老样子，打十次绳结也就只能成功一次。

"少管闲事。还是说说天城菖蒲人在哪里吧。"

"不知道。应该就在这栋楼里面吧。"

齐加年的声音隐隐透露出几分焦虑和不安。之前乘游艇绕岛航行的时候，并没有发现条岛上还有其他建筑。天城菖蒲也不太可能在户外散步。

"咱们先找找看吧。"

无人逝去

　　牛男五人开始探索天城馆。

　　走上正面的台阶，二层是一条高约五米的走廊，走廊上有两扇并排的木门。由于地板是倾斜的，吊灯像摆锤一样几乎擦到头皮。

　　右侧门后是一间卧室，左侧门后是一个书房模样的房间。两个房间的陈设都像宾馆一样，没有一丝生活气息。

　　书房的书架上摆放着晒得发黄的外文书，散发出同十年前律师寄给牛男的那个纸箱子如出一辙的臭味。

　　"这里怎么弄成这样？"

　　肋在书房深处小声嘟囔。只见那里有一处空荡荡的区域，这片区域宽约十米，紧贴墙壁。不仅没有地毯，就连地板也被扒掉了。似乎是给某个准备搬进来的大件预留的空间。

　　"有脚印。"乌冬说道。

　　顺着他的视线向前看去，地板颜色较浅的部分显现出鞋底的形状。一共是十四处脚印。这十四个脚印两两成对，都是脚跟朝墙，脚尖朝向屋子中央。

　　"我明白了。这是用来展示自制蜡像的地方。"

　　齐加年俯身盯着地板。众人眼前仿佛浮现出七个并排靠墙而立的蜡像。

　　"那蜡像到哪儿去了？"

　　"不清楚。可能挪到别的房间了吧。"

　　齐加年歪头思索，走出了房间。

　　从走廊拾级而上，众人来到尖顶的钟楼。

　　地板一直延伸到室外，像一座露台。站在上面，整座岛屿一览无余。放眼望去，从南面的山丘到北面的海滩，除了奔流的河水，这座岛就只剩下索然无味的岩石、苔藓和青草。天城馆是这里唯一的一处建筑。

凭栏俯瞰岛屿，恰好下午四点的钟声敲响。支撑天花板的柱子上安装着寺庙里那种自动撞钟装置，预设的钟鸣时间应该是每小时一次。

走下楼梯，回到一楼大厅。沿着左侧走廊向前走，里面是住宿楼。走廊左右两侧各有四扇门。左手第一间是更衣室和浴室，其余七个房间都是客房。门都没有上锁，可以随意进入。但是依然没有发现房子主人的身影。

"这么脏！"

浴室里传来乌冬嫌弃的叫声。浴室滋生了黑色的霉斑，排水口散发出臭水沟一样的气味。看上去这间浴室是由普通房间改造而成。既没有换气扇，铝制的门框也不留一丝缝隙。

浴缸还是一个老式的煤气加热浴缸，而且缸底很深。有一种误入乡下的农家乐的感觉。打开窗户，只见河流潺潺而过。

较之浴室，客房收拾得相当讲究。床、梳妆台、衣柜之类自不必说，刷子、电热水壶、应急手电筒等物品也是一应俱全。屋内一尘不染，也没有霉斑。每个房间都是独立卫浴，犹如走进了一家宾馆。况且这里是地处太平洋中的孤岛，能够做到这样实属不易。打开衣柜，只见里面摆放着三套形似病号服的肥肥大大的家居服。

"天城老师果然不在这里欸。"

肋不知为何乐呵呵地说道。

众人折回走廊，又从大厅走进了右侧的走廊。这条走廊通向一个教堂模样的大房间。看上去这个房间是当作食堂来用的，屋子中央是一排排餐桌餐椅。而且设有清洗区、厨房和储藏室，一个星期之内无须为填饱肚子而发愁。

无人逝去

"你们看，那是什么？"

乌冬指着餐桌的中央说道。

只见桌布上摆放着五个泥块。表面有像被签子扎出来的窟窿。这些泥块都是做工粗糙的泥人，外形如同面部溶解了的陶俑。

"一共五个泥人。它们的寓意难道是要一个接一个地送咱们五个上路吗？"

肋尖声叫道。

"……这是扎比人偶。"

齐加年失魂落魄地说道。

一股寒意从脚底蹿到头顶。牛男也想起来了。

"扎比人偶是什么？"乌冬问道。

"密克罗尼西亚奔拇岛的原住民在举行仪式时使用的人偶。扎比是会给奔拇族降下灾祸的邪灵，原住民用这个人偶把扎比附身到被选出的男性身上。

"你怎么会知道这些事？"

"我前女友的爸爸就是研究奔拇族的。因此我也很感兴趣，一知半解罢了。我还看过以奔拇岛为背景而创作的推理小说——对呀！"

齐加年忽然一脸疑惑地看向牛男。

"大亦牛汁，写《奔拇岛的惨剧》的不正是你嘛，这是不是你搞的恶作剧？"

"胡说什么，我怎么可能有扎比人偶这种东西。"

"那你写那部小说前总归是探访过奔拇族吧？"

"探访倒是探访了。先别说这个，你——"

牛男赶忙转移话题。肋、乌冬和艾丽三人也都是一脸好奇。想也不用想，一看便知他们仨心里琢磨的也是这件事。

"你刚才是不是说，你前女友的爸爸是研究奔拇族的？"

"是啊，这怎么了？"

"这么说来，你的前女友难道是——"

秋山晴夏。

文化人类学者秋山雨的女儿。

难不成齐加年也与晴夏有过牵连？

"我应该认识你的前女友。秋山——"

"晴夏。"

接话的是艾丽。其余三人不约而同地瞪大双眼。

"你……你怎么会认识晴夏？"

"我们交往过。她来参加我的签名会，我们就认识了，后来便私定终身。这个手镯也是晴夏送给我的。"

艾丽爱惜地抚摸着右手的手镯。

"胡扯！根本不可能，那女人——"

"我当然知道。晴夏和很多男人做过那事。可是她真正爱的只有我一个。"

"不可能，你瞎说！"

肋扯着公鸭嗓子叫道。

"叫什么叫，跟你有什么关系。"

"谁说没关系。我对晴夏小姐一心一意。不论是你，还是齐加年老师，那都是过去式了。九年来，我碰都没有碰过其他女人，也从来没有将晴夏送给我的这条项链摘下来过。"

说着肋得意扬扬地揭开胸前的狗牌。牛男心说合着你小子也是一路人。

无人逝去

"大家冷静一下好吗？"乌冬淡定地说道，"我觉得你们都上当受骗了。其实，秋山晴夏小姐是我的未婚妻。"

"未婚妻？"牛男唾沫星子横飞，"胡说八道！"

"正是。晴夏戴的戒指就是我送给她的。"

"你们见过他说的东西吗？"

三人面面相觑，摇了摇头。乌冬睁圆眼睛："怎么可能？"

"那你收到的回礼是什么？"

"就是这些，"乌冬指着脸颊上的穿环，"就是因为晴夏的鼓励，我才会在脸上穿环。"

"齐加年，你的是什么？"

"我拿到的是一个皮制钱包。出门也不怎么带，放在家里的保险箱里。"

"原来如此，真相大白了。"牛男像敲鼓似的敲着泥人的头说道，"晴夏的礼物里包含着给对方的潜台词。沙希的手镯是'仔细一瞧是个老太婆'，肋的项链是'土得掉渣'，乌冬的穿环是'惨不忍睹'，齐加年的钱包是'生钱的皮囊'。"

"难道店长……牛汁也和晴夏有过？"

"对啊。不过我只是在她死之前和她有过一次而已。反正我又不可能是她的真命天子。"

"你收到礼物了吗？"

"收到了。就是这块手表。潜台词是'酷毙了'。"

牛男从兜里掏出手表，把刻着"亲爱的大亦牛汁"字样的后盖展示给众人。乌冬咬牙切齿，似乎很不甘心。

潜台词姑且不谈，十有八九用礼物俘获对方的心就是晴夏的一贯手段。牛男把手表反过来让表盘向上，然后把表带扣在了左手上。

"我……我明白了！"

肋发疯似的叫道，双手拍着桌子。扎比人偶应声扑倒。

"你说的是潜台词吗？"

"不是。我明白为什么要把我们召集到这个岛上来了。叫我们来的人，就是晴夏小姐的父亲，秋山教授。"

紧张的气息顿时在食堂弥漫开来。

"他为什么这么做？"

"秋山教授在两性方面的怪癖一直让晴夏小姐饱受折磨。当然，这也不妨碍他将晴夏小姐视为掌上明珠。然而九年前，女儿先是遭到作家施暴，而后又死于卡车轮下。也是因为这个意外，教授意外得知女儿竟然同众多作家保持着肉体关系。于是他便耗费九年时间逐一查明女儿曾经的交往对象，并将这些人召集到了条岛。"

"叫到这里来对他又有什么好处呢？"

"当然是为了一网打尽了。这些泥人不就是这个意思嘛。"

肋得意地把泥人扶了起来。

"你的意思是，秋山教授假称自己是天城菖蒲？"

"啊，不是这个意思。'秋山雨'和'天城菖蒲'①就是在文字上玩的把戏。这个不为人知的作家天城菖蒲，他的本来面目就是秋山教授。"

众人一时间还不能消化肋所说的话。

---

① "秋山雨""天城菖蒲"在日语发音中所使用的假名相同且均为6个，仅排列顺序不同。——译注

无人逝去

牛男忽然回想起九年前与秋山雨的那次会面。当时茂木死缠烂打地向教授索稿，教授曾看似轻描淡写似的点拨了一句"其实我的稿子已经在你们手上了"。他虽然没有以秋山雨的身份写过书，但却以天城菖蒲的名义出过书——这么一来就合情合理了。而《水底蜡像》的出版方恰巧又是贺茂川书店。

"扎比人偶出现在这个地方，也是这两人就是同一个人的证据。既然是秋山教授本人，那么弄来扎比人偶，自然不费吹灰之力。"

"稍等一下。有一点说不通。"

齐加年的声音中透露出些许不解。

"什么说不通？"

"秋山教授去年十二月已经去世了。如果天城菖蒲的真实身份是秋山雨，他必然也不在人世了。那么究竟是谁把我们叫到这里来的？"

霎时间其余四人都倒吸一口凉气。

牛男也曾在杂志上亲眼看到了秋山教授的讣告。邀请函是今年七月份收到的，但如果按照眼下这个思路推断，发函时邀请人应该已经死了半年多了。

"这么说来，是有人冒充天城菖蒲，然后把我们召集到了一起。原来是这么回事啊。"

肋捂着胸口，像难以抑制内心的兴奋。猛然间，一阵疾风吹动玻璃窗，只听"咣当"一声，房门关上了。

有人冒名顶替死者，将五个与晴夏有关系的作家召集到了条岛。他究竟是谁？又有何目的？

"先不说他是谁，这里找不到他，到底是怎么回事？"

"邀请者或许就在我们当中。这可是推理小说的惯用套路。"

"大家等一下。既然我们被骗了，那么还有什么必要待在这个岛上呢？我们还是回去吧。"

乌冬哭兮兮地指着窗外说道。窗外是停放在浅滩上的游艇。

"我们回不去。剩下的油连父岛都到不了。"

"那要不我们求救吧。"

乌冬从衣兜里掏出手机，看到屏幕后哀叹一声。不论他怎么戳弄，手机仍是黑屏。可能是撞上鲸鱼的时候出了故障。

"即使没坏，我觉得也未必有信号吧。"

肋也捧着手机摇头说道。牛男的手机同样是在驱赶鲸鱼的时候进了水，没有丝毫反应。

"……那么说，我们逃不出这个岛了？"

"只能等待外界的救援了。"

乌冬痛苦地哼叫着。而其余四人显然已经暗暗开始了相互猜忌。

"大家不要慌。不如我们赶在日落之前先在岛上四处搜寻一下，说不定能找到其他像工作室那样隐蔽的处所。"

齐加年望着窗外说道。太阳缓缓落向海面。时钟的指针指向四点五十分。

"我有一个问题。"牛男像小学生一样举手说道，"抱歉，我插一句，刚才说到秋山教授在两性方面有怪癖。什么怪癖？"

"哎呀，这你都不知道啊。"

肋一脸同情似的看着牛男。其他人也是同一副表情。

"好巧不巧，我对老头子那方面的癖好没什么兴趣。"

"秋山教授是一种很独特的虐待狂。不对，从某种意义上来说，也是一种受虐狂。"

"我怎么听不懂你说的话？"

"他把自己的女儿带到世界各地，让她和土著民族发生关系。"

5

下午五点的钟声敲响时，牛男冲进厕所呕吐起来。

可是即便他吐了又吐，那种反胃的感觉依然不停地向上翻涌。喉咙里火辣辣地疼。

——我只是想过自己的生活。

九年前，晴夏曾在情人旅馆留下这样一句话。或许，那时晴夏就是在向牛男求助。

牛男的父亲锡木帖是一个人渣，他从东南亚和大洋洲等地的烟花柳巷买回女人，然后将她们带回日本，为自己传宗接代。而他这种借周游世界之机，向邂逅的女人们宣泄欲望的龌龊行径，恐怕也是"师承"秋山雨。

——我和锡木总是针尖对麦芒，不过或许从某种意义上来说，这也是我们太过相似所致。

当初在摩诃大学会面时，秋山曾这样说道。的确，这二人蛇鼠一窝，性格相反但却臭味相投。

晴夏与牛男同病相怜，两个人的人生都葬送在自己父亲的手中。然而牛男非但没有向她伸出援手，反而还咒骂她是贱货，将她推下床，导致她身受重伤。

"店长，还没好吗？"

门外传来艾丽的声音。众人把行李放进住宿楼的房间之后，便准备一起绕岛查看。

"别催了！上厕所呢。"

牛男恼怒地喊道。他拉动抽水杆，水却没有动静。应该是呕吐物把厕所堵住了。地上到处都是呕吐物，又因为建筑是倾斜的，这些呕吐物便堆积在了墙根。眼下根本来不及打扫。

牛男深吸一口气，用毛巾擦了擦唇角，离开了厕所。

下午五点十分。

众人动身在条岛搜寻，齐加年一马当先地走出了天城馆。

宅邸背后的悬崖峭壁传来波浪的冲刷声。砂浆墙壁开裂，可能就与海水盐分侵蚀有关。一层 U 字型的遮雨檐覆盖着住宿楼的屋顶，遮雨檐上悬垂的蛛丝随风飘荡。通向屋顶的梯子在风中发出"咔嗒咔嗒"的声响。

从住宿楼和河流之间穿过，前方是一个小广场。鼓胀的蓝色罩子下面露出一个轮子。卷起罩子一看，下面是一辆木板车。看样子是在天城馆和工作室之间运送东西用的。石阶的踏面很宽，拖着车走应该也无须担心车会翻倒。

"岛比想象的要小啊。"

乌冬站在悬崖边上眺望大海。牛男也从乌冬的背后向悬崖下方张望。只见右手边就是工作室的屋顶，再远的地方便是河口。

"搞不懂怎么会有人喜欢住在这么一座岛上。"

"我倒是希望能够和天城老师一同欣赏这片风景。"

乌冬指着太阳说道。

五人回到了天城馆正前方，决定在沙滩上转一圈。假如还有隐蔽之所，那么只能是在尖塔所在悬崖背面的死角里。循着自己的足迹走下石阶，然后顺时针沿沙滩行进。

无人逝去

"我想探索一下天城馆。不知道书房里的那些蜡像被搬到哪里去了。"

走在排头的齐加年回头看着后面四个人，有意无意地说道。

"谁知道，保不齐是看着恶心给扔了呢。"

"这不可能。如果天城老师按照《水底蜡像》描写的内容制作了尸体的蜡像，那么蜡像的一些部位应该是可以当作匕首或者钝器来用的。也许邀请者是不想让这些可能用作武器的东西留在天城馆里。"

原来如此。邀请者事先把这些凶器藏起来，以免加害牛男等人的时候遭到持械抵抗。

"你想太多了吧？"艾丽是一点儿情面不留。

"不排除这种可能啊，还是小心为妙。不如我们先互相交个底吧。我的真名叫作真坂芳夫，齐加年是我的笔名。你们有人用的也是笔名吗？"

"牛汁怎么可能是真名。我叫牛男。"

"我的也是笔名。"乌冬说道。

"我的也是。"艾丽说道。

"我用的是真名。"肋说道。

"阿良良木肋是真名？胡扯吧。"

"当然是真的。你看。"

肋从钱包里取出驾照。头像的左上角写着"姓名 阿良良木肋"。

"还有一个问题。不用多心，只是为了确认一下事实真相，你们真的都和秋山晴夏发生过关系吗？"

齐加年一脸严肃，像一个正在问诊的男科大夫。

"这不废话嘛。"牛男踢飞被海水冲上岸的破铁片，"又不是小学生了。"

"我可算不上是那种关系。毕竟我们俩都是女人。"艾丽的话不知是真是假。

"我无可奉告。"肋说道，"我不需要向你公开个人隐私。"

"也对。像这样查来查去也没有任何意义。"

齐加年三言两语便化解了可能出现的争执。

之后众人一边聊着闲天一边沿着沙滩向前走，一路也没有发现能够藏人的小屋或洞穴。南侧海岸线的沙滩越走越窄，还未走到岛屿最西端，面前已然耸立着一座悬崖。

"看来岛上真的只有我们五个人。"

齐加年回头望着沙滩说道。

"天已经黑了，我们还是回天城馆吧！"

肋用手指碰了碰嘴唇，那意思似乎他的烟瘾犯了。

"我也想解个小手，咱回去吧。"

"牛汁，你刚才在房间的厕所里蹲着的时间可不短呢。"艾丽嫌恶地说道。

"我那不是解手。我厕所堵了，冲不下去，你们谁借我厕所用用？"

"你可以用住宿楼的空房间或者食堂里的厕所。"

齐加年一副主持公道的模样。

五人前脚刚走进天城馆，外面就下起了暴雨。

晚七点。众人都换上了家居服，在食堂一起开始吃今日份的食品。在意大利餐馆打工的肋制作了法式热三明治和清汤，味道丝毫

无人逝去

不逊于牛男家附近的家庭餐馆。

"好吃。肋君，厨艺真不错！"

艾丽说道，腮帮子被热三明治塞得鼓鼓囊囊。除了那两个壮汉，艾丽把大部分饭菜都一扫而光。她平时上班的时候零食就没有断过，今天想必是饿坏了。

"这座建筑还真是歪的。"

乌冬把杯子放在餐桌上说道。由于餐桌是倾斜的，杯子里的橙汁也呈现出一个斜面。

"只可惜吃不上海参烧牛肉啊。"

牛男开口讥讽乌冬。

"今天就早些休息吧。不过请各位注意人身安全。毕竟还不知道那个把我们叫到这个岛上来的人究竟是何居心。"

齐加年一板一眼地说着，冷不防与摆在餐桌中央的扎比人偶打了个照面。

"光说注意注意，怎么注意？客房的门连锁都没有。"

"可以把梳妆台的电线拔下来固定住门把手，这样门就拉不开了。"

"这也太不靠谱了。如果邀请者真想对咱们下手，随随便便就能破门而入。"

肋跳出来反驳齐加年。艾丽则不耐烦地挠挠头。

"那么肋君可有什么高见？"

"我觉得整座岛上最安全的地方就是工作室。进出必须要用梯子，哪怕坏人再怎么穷凶极恶，我们也可以利用重力制服他。他要是爬梯子，给他一脚踹下去不就得了。"

"确实是个好主意，居高临下以守为攻，而且那里也有很多工具可以当作武器。”

齐加年严肃地分析道。肋则是喜笑颜开地点着头。

“你们爱去就去吧。下着这么大的雨，与其龟缩在那个破烂房子里，还不如让杀人狂把我的脑袋摘了算了。”

“牛汁，我们的意思是要以防万一。”

“OK，那到时候就劳驾您老人家把杀人狂踢翻在地了。”

牛男对肋嘲弄道，从椅子上站起身来。

大厅进门处的灯发出橙色的光。众人穿过地毯，沿着走廊前往住宿楼。

牛男在昏暗的走廊上走着走着，感觉身体越来越不舒服。像小时候晕车似的。也许是吃得太撑，走廊又是斜坡，导致半规管的状态不佳。牛男想起房间厕所还堵着，不觉眼前一黑。

“牛汁，你怎么了？”

“我要解大手。躲开。”

牛男扒拉开走在身后的四人，又沿着走廊冲向食堂的厕所。用汗津津的手指锁上滑动锁。人刚到马桶前，作呕的感觉便翻涌而至，把晚饭吐了个一干二净。

他洗把脸走出厕所。大脑里一片空白，他快步穿过方才走过的走廊。但似乎其他人早已返回了各自的房间。

牛男也回到房间，关上房门后用电线把床腿和门把手捆在了一起。这样的话可疑分子就算想袭击自己，他也进不来。

他拉开窗帘，窗帘后面是镶死的窗户，外面就是刀劈斧砍一般的峭壁。纵然有电影特技演员那样的好身手，也绝对不可能从这里破窗而入。

无人逝去

正要关灯，牛男忽然注意到了床边的衣柜。衣柜高度超过两米，正是绝佳的藏身之所。他战战兢兢地打开对开门的衣柜，里面没人。

可能是累的吧，不然自己怎么会这么胆小。牛男把梳妆台旁的手电筒放在枕边，关上灯，鞋也没脱便倒在床上。

窗外传来恼人的雨声。所有的声响仿佛都被这雨声吞没了。

艾丽、锡木帖、秋山雨，还有晴夏——这几张熟悉的面容在牛男脑海中浮浮沉沉。

晴夏身上应该还有未解之谜。而牛男等人之所以会被召集到这个岛上，必定和这个秘密脱不开干系。

召集到孤岛上的五名作家，摆放在食堂的五个泥人，就算是平生不看推理小说的牛男，这时也免不了惶惶不安。早知道就不来这个岛了。

牛男用力闭上眼睛，想要驱散内心的焦躁。

唰——

牛男猛地睁开眼睛。

似乎是做了一场噩梦，浑身上下大汗淋漓。

他感觉自己听到了脚步声，于是挺起身来细听。然而房间依旧只有密不透风的雨声。应该是幻听了吧。

他把手伸向枕边，按亮了手电筒的开关。挂钟指向十一点半。

唰——

他把手电照向发出声音的方向。

只见一只怪物站在那里。

一团又一团的眼球包裹着它的脸。那是扎比面具。它穿着和牛男等人一模一样的居家服，怪异而又令人魂飞魄散。

牛男想要跳下床，但是腿却不听使唤。他一头扎在了梳妆台的镜子上。

耳边传来利刃破空般的声音，随即头顶一阵剧痛。

眼前的世界倒转过来，他的鼻尖撞在了地板上。

他硬挺着脖子抬起头，看见了一只运动鞋。鞋头粘着一团固体物质，像腐烂的奶酪。

这是什么东西？

牛男大口吸气，想要哀号一声，然而嗓子里却没有发出一丝声音。

★

牛男身边一片黑暗。

没有色彩，没有声音，没有气味。这里是一个空无一物又无边无际的世界。

死后的世界怎么可能如此空虚，怕不是肋所说的生与死的间隙？

突然，身体里一阵翻江倒海，仿佛全身上下的细胞同时爆裂。

整个世界分崩离析。身体也似乎由内而外地碎裂开来。

这时，眼前出现了恐怖的一幕。

一条僵硬的胳膊，犹如一条虫子，蠕动着从嘴里伸了出来。

自己已是四分五裂。再也无法恢复原来的模样。

离开母亲子宫的三十一年来，他从未感受过这种恐惧。

大亦牛男，死了。

惨剧（一）

最先听到的是海浪的声音。

倦怠感像泥巴一样从头到脚地包裹着他。

身体动弹不得。嗓子里也发不出声音。甚至不知道自己身在何处。唯有悬崖上迸溅的海浪声在耳畔回荡。

难道这只是海边的一场幻梦？然而思维却如此清晰。仿佛整个人都被麻醉，唯独意识清醒了过来。

沙沙沙沙沙……

听声音像蹿房越脊的耗子。随后是"扑通"一声，有东西掉进了水里。兴许是有人往海里扔了什么东西。

牛男悬浮在半空之中，挖掘着自己的记忆。忽然一个浑身长满眼球的怪物袭击了他。天灵盖像过电似的一阵剧痛，而后——

喉咙深处挤出一声惨叫。

他随即重返人间。

昨夜还是大雨倾盆，而此时床上已然洒满了灼热的阳光。

牛男扑倒在地板上。全身肌肉僵硬，犹如在办公室彻夜未眠。他感觉自己还没有从梦中醒来，只不过是与现实世界有了片刻的交集罢了。

他双手撑地，缓缓地挺起身。睡衣牢牢地粘在肉上，散发出一股铁锈味。也不知道是因为起身太快还是地板有坡度，他眼前发黑，一阵天旋地转。

燥热的风从破碎的窗户灌进来。窗户应该是被那个怪人打破的。雨水飘进屋里，打湿了窗帘的下摆。

他看看手表。表盘沾染了血污，表针也不走了。挂钟指向十一点半。看样子自己从昨晚开始足足昏迷了半日。平常这时候已经吃完早饭，该要接送女孩子了。

视线落在地上，只见一个扎比人偶倒在那里，像从床底下匍匐而出，正抻着上半截身子窥视着他。五个窟窿的正中间有一个新剜出来的窟窿，似乎是刻意挑选了这个位置。想必这也出自袭击牛男的凶犯之手。

"……"

正当牛男想要深呼吸的时候，他忽然察觉有异物卡在嘴里。他走到窗边，从破洞探出头去，把那东西吐了出来。一团黏黏糊糊、难以名状的东西掉进了海里，像由血和呕吐物混合而成的肉皮冻。

他回想起苏醒之前听到的水花四溅的声响。还有更早些时候小动物窜来窜去的动静。难不成附近有人？

他回头望向门口，不禁失声惨叫。

只见一把椅子翻倒在屋子中央，靠背和椅面沾满了血。椅子外围的地板上也是一片血泊。铁锈的气息扑鼻而来。上一次见到如此血淋淋的场面，还是司机三纪夫被金属球棒打得血肉模糊的时候。

纵然是推理小说的行家里手，也设计不出这般千头万绪的手法。牛男就是在这把椅子上被人施以暴行。他一度失去知觉，后来从椅子滑倒在地板上，这才恢复了意识。而之所以周身上下没有痛感，恐怕是因为大脑被麻醉了。

牛男颤颤巍巍地挪动着两条腿，探头望向梳妆台的镜子。镜子

无人逝去

上布满了蜘蛛网似的裂痕。

镜子里的牛男从脑袋到运动鞋的鞋头，没有一处不是鲜血淋漓。睡衣被头上淌下来的血染成了猩红的颜色。

"欸？"

风从窗户的破洞吹入屋里，撩开了牛男前额的头发。

眉心上方一个灰色的凸起赫然出现在了眼前。

他战战兢兢地摸了摸后脑勺，指尖触碰到了冰冷的金属。他就像漫画里弗兰肯斯坦创造的那只怪物，被人从后脑勺钉入了一根粗大的铁钉。额头的凸起就是穿破了脑袋的钉尖。钉子和皮肤相接触的地方凝结了乌黑的血痂。

和脚下的扎比人偶一样，牛男的脑袋也被开了一个窟窿。

他把手伸进睡衣衣领，触摸左侧的胸口。

没有心跳。

心脏停止了跳动。皮肤也没有一丝血色。

想也不用想，牛男已经死了。一个活生生的死人。这究竟是怎么回事？

他脑海中突然浮现出晴夏倒在"兄埼套房酒店"地板上的样子。晴夏的喉咙里插着玻璃碎片，却依旧是一副若无其事的样子。眼下牛男的情况和当时晴夏十分相似。他们的身体都发生了诡异的变化。

"镇静，没什么大不了的。"

牛男发出沙哑的声音。只见镜中的那个男人同样嘴角抽搐，想要用笑容掩饰自己的困惑。

凶手戴着扎比面具闯进这个房间，用钉子钉穿牛男的头，杀死了他。然后把还在流血的尸体摆在椅子上，留下扎比人偶之后离开了现场。这一切都似曾相识。

可是本应该死于非命的牛男，却在半天之后不知为何又活了过来。

凶手的目的显然是要杀死牛男。而他之所以要刻意在这个房间里留下扎比人偶，就是为了恐吓其他的幸存者。用"人偶还剩四个，惨剧尚未结束"的暗示来震慑生者。但是他肯定没有想到，被害人的体质非同寻常，即便是铁钉钉入头中也能起死回生。

牛男现在能做的就是向其他人告警。既然这座岛找不到邀请者的踪迹，那么凶手就在那四名作家当中。或许只需一一核对所有人的行动轨迹，就能轻而易举地查明真凶。

牛男推开半掩着的门，地上是本应该捆在门把手上的电线。

走廊里空空荡荡。其他客房似乎也没有动静。按说这个时间应该已经吃完早饭了，难道他们还在食堂制订逃离这座岛屿的计划？

牛男正要离开住宿楼，忽然发现更衣室的门敞开着。浴室的门也开着，浴缸里好像有什么东西。

"……"

进屋脱鞋的时候，牛男感觉鞋带有些别扭。一贯系出来像死蜻蜓一样的绳结，居然变得像鞋店广告传单上的鞋带一样规整。看来凶手把鞋带重新系了一遍。也许是系得不紧，绳结部分已经有些松动了。

牛男按住运动鞋的后帮，想要把脚抽出来。然而绳结虽然很松，可就是脱不掉。脚底和鞋子牢牢地粘在了一起，像灌进去了胶水。凶手应该是动了什么手脚。

牛男咂咂嘴，也不再脱鞋了，直接走进了更衣室。只见镜子碎了，地上是横七竖八的胶皮管子。牛男探头向浴室里张望。透过破碎的窗户，能看见形似笔画"撇点"、蜿蜒流淌的河流。

牛男瞬间发现了异样。浴室的瓷砖地上躺着一个黏黏糊糊、已经溶化的扎比人偶。水从粉色的浴缸中溢出，像泥浆一样浑浊。而

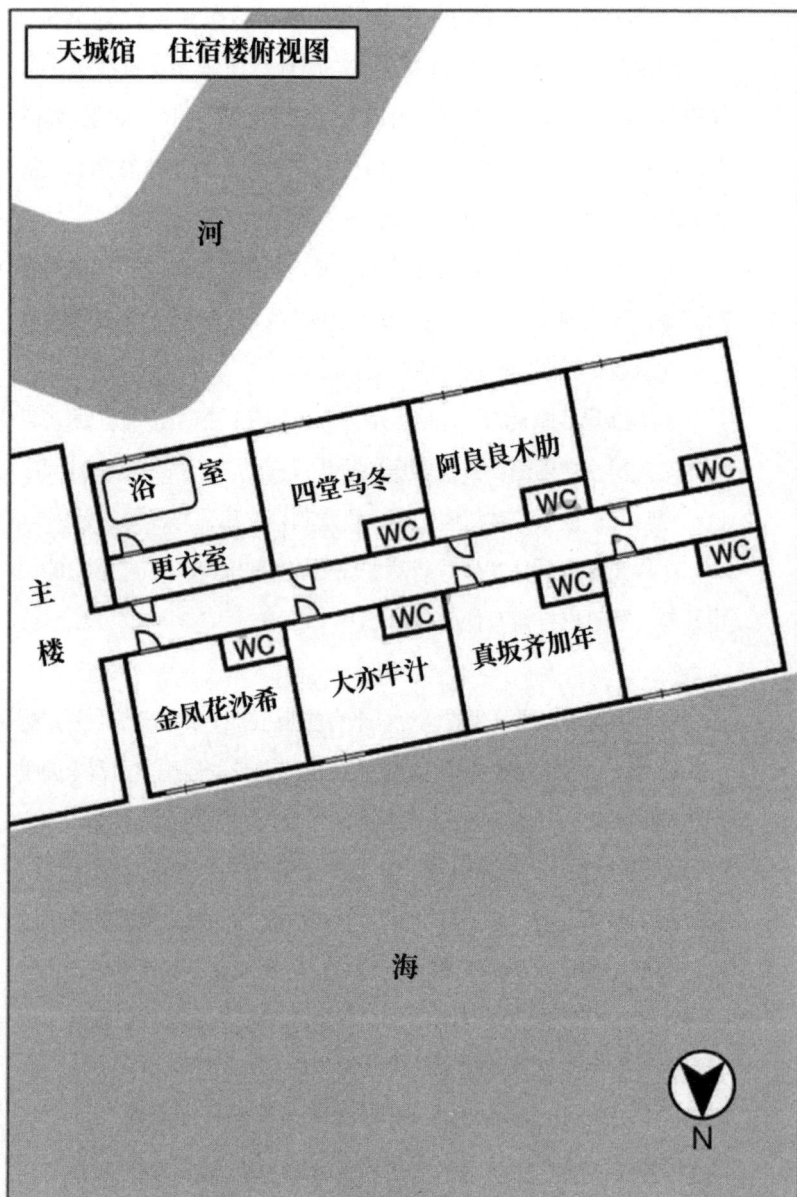

天城馆　住宿楼俯视图

河

浴　室
更衣室
四堂乌冬
阿良良木肋
WC
WC
WC
WC
WC
WC
主楼
WC
金凤花沙希
大亦牛汁
真坂齐加年

海

N

无人逝去

094

水面倾斜是地板的坡度所致。

"……！"

牛男忽然脚下一滑，摔了个屁股蹲儿。后脑勺的钉头磕在了洗手池上，"铛"的一声，十分清脆。地上到处都是顺着浴缸边缘淌下来的水。

牛男胆战心惊地伸直脖子向浴缸里面看去。

"啊呀！"

只见一个人漂浮在浴缸之中，面部向下。

身体和臀部浮在水面上。这人身材魁梧，再加上皮肤被水泡涨，整个身体几乎快要遮住浴缸表面。后脑勺部位的头发上还粘着泥块。

牛男猛然回头。走廊里仍旧空无一人。

牛男深吸一口气，随后转身面对浴缸，把手插进浑浊的水中，从左右两侧把住尸体的头部，将其提出水面。胳膊上沾满了尚且温热的水。泥块也跟随他的动作滑进了浴缸里。

死者整张脸上都挂着牛男熟悉的穿环。面部的皮肤不像身体那样鼓胀，能够清晰地辨认出死者的容貌。凹陷的双眼和厚厚的嘴唇——是乌冬。就在这时，一个硅质的穿环卡扣从乌冬嘴里掉了出来，"扑通"一声落入水中。

牛男条件反射一般撒开了抓着乌冬的手。乌冬的头部无力地缓缓沉入水里。牛男拼命忍住尖叫的冲动，连滚带爬地冲出了浴室。

一夜之间，凶手杀死了两个人。他似乎是想干脆利索地将他们屠戮殆尽。牛男心说自己要是动作再不快点，其他几人也会有生命危险。

牛男穿过走廊和大厅，冲进食堂。然而这里一个人也没有。也不像有人在这里吃过早饭的样子。大家逃到哪里去了？之前摆在餐桌上的五个扎比人偶，现在一个也不剩，全都不见了。

无人逝去

牛男耳边突然响起醒来时听到的"扑通"的入水声。那可能是凶手把某个人推进了海里。这么说来，杀人惨剧还没有停止。

牛男回忆着昨夜晚饭后的对话。肋极力主张据守工作室来防备可能出现的杀人狂，他表示那个地方既有武器，也可以在杀人狂来时将其踹下梯子。如果肋还活着，他很可能就躲藏在工作室。

牛男走进厨房，打开玻璃柜取出一把餐刀。这把刀虽然不算大，刀刃约莫只有十厘米长，但是刀尖锋利，足以用来防身。他用麻布缠住刀刃，把刀塞进衣兜。

当他的视线落在食品柜的柜门上，玻璃映照出了他满身鲜血的模样，就如同一个真正的杀人狂。

"这都是些什么事啊。"

牛男一边给自己打气，一边走出了食堂。他竖起耳朵，蹑手蹑脚地沿着走廊向前走。

牛男来到大厅，阳光透过花窗玻璃照射在地毯上。海风耸动着整座府邸，致使球形的吊灯也像钟摆一样摇来晃去。橙色的灯光已经熄灭了。

牛男正要出门，忽然察觉脚下有些不对劲。波斯地毯被染成了红黑色。浸染的部分似乎已经干透了，鞋底踩上也没有变形。这是谁流鼻血了吗？

这时头顶上方传来楼板弯折的声音。

牛男赶忙抬头看向天花板。

"啊呀！"

只见二楼走廊的扶手处赫然露出一张人脸。

乌黑光亮的头发，立体的脸颊，挺拔的鼻梁。是齐加年。

牛男的第一反应是齐加年在悄无声息地监视自己，但他那副样子未免太过古怪。嘴张得很大，像打哈欠似的，就这个姿势定在那里。脸上一片黢黑，仿佛是刚从火海死里逃生。定睛细看，他的额头皮开肉绽，门牙东倒西歪，脸上还残留着从额头直至下巴的血痕。

牛男回到大厅里面，仰头察看二楼走廊的情况。齐加年扑倒在地，头从扶手栏杆的空隙伸了出来。脸部呈猩红色，像喝醉了似的。显然已经死了。

牛男、乌冬、齐加年，凶手一个晚上杀了三个人。看来他是打定主意要把这些作家尽数消灭。

眼下自己孤身一人，倘若再遭袭击势必会落入下风。必须要尽快与其他幸存者会合。

牛男夺门而逃，跑到了天城馆外面。皮肤被炽烈的阳光晒得火辣辣地疼，仿佛要被烤焦了。尖塔传来阵阵响亮的钟声，这更是让他心底蹿出一股无名之火。

他登上石阶俯瞰条岛。昨晚的大雨导致河流水位暴涨，河滩上尽是淤泥。河堤上的草被急流连根拔起，一棵不剩。

他摸了摸衣兜里的刀，随后跑下石阶。"铛铛"，四下里回荡着他精神抖擞的脚步声。海鸟在他头顶上方盘旋。

石阶下到一半左右，一股加油站的味道突然飘进了他的鼻子。于是他便往上风向看去。

"……"

只见一片红色的沉淀物包围着停泊在沙滩上的游艇。那应该是游艇漏出来的油。但不知道是意外还是凶手有意为之。

牛男捂着鼻子来到沙滩，贴着悬崖边，沿逆时针方向行进。海风猛烈地吹刮着他的脸。

就在他看到通向工作室的梯子的时候，耳边传来一阵"唧唧"

的尖厉的叫声。原来是海鸟，一边摇头晃脑，一边扒拉着梯子附近的沙地，就像垃圾场的乌鸦。腹部光秃秃的，露出了荨麻疹一样的小疙瘩。

牛男凝神细看，海鸟嘴巴翻弄的沙子里埋着肉块模样的东西。可能是猫的尸体。可是牛男心里却是隐隐不安。

"滚开，傻鸟。"

牛男像挥舞警棍似的用小刀把海鸟赶跑。地面上有一个像鼹鼠窝似的凸起。牛男把刀放回衣兜，双手刨开沙子，挖出了肉块。

"这是什么东西。"

那是一块扁平的肉块，颜色近似于蚯蚓。难道是死海参？牛男耳边又回响起乌冬的惊叫声。

突然，他发现脚边有一张埋在沙子里的小纸片。那是一张被水打湿之后变得皱皱巴巴的便笺纸，上面是一行写得七扭八歪的字。牛男把肉块揣进口袋，拿起那张纸片。

　　　　想聊聊晴夏。凌晨一点，工作室见。

看上去是有人要在深夜来此密会。不对，这也可能是凶手诱骗受害者的圈套。

正当牛男原地不动的时候，海鸟又再次在他头上盘旋。似乎除了肉块，还有其他的东西吸引着它。海鸟飞上崖顶，旋即瞄准支撑工作室的柱子俯冲下来。头撞向十字交叉的圆木上，翅膀扑棱扑棱地扑腾着。柱子后面好像有什么东西。

牛男把纸片塞进兜里，向圆木后面的背阴处看去。

"啊呀！"

只见一个人倚着岩壁，仰面朝天地倒在那里。上身赤裸，下身穿着牛仔裤。可能是被泼了硫酸，皮肤溃烂，犹如一具被烧死的尸体。虽然面部被柱子的阴影挡住了，但是从隆起的胸部能看出这人不是男性。

此人大张的嘴里露出闪闪发光的银牙，右手食指缠着创可贴。眼前这个歪倒在地的人，正是艾丽。

紧挨着她的地方有一个横躺着的扎比人偶。这个人偶似乎也掉进过水里，表面已经溶化了。

"唧唧唧"，海鸟发出寂寥的鸣叫声，低着头飞向大海。圆木结构十分密实，背面没有可以进入的缝隙。看来艾丽曾经爬上过工作室，之后坠入了木架的背面。当然，是凶手把她推下去的。

牛男、乌冬、齐加年、艾丽，一夜之间四个人都被杀了。那么凶手只能是剩下的那个人——肋，这个自称是自杀幻想作家的人，杀死了其他人。

牛男抬起头，窥探工作室的入口。但是只能看见一个方形区域，虽然不见人影，但是肋也有可能藏身在死角之中。

"有人吗？"

无人应答。沙哑的声音被海浪吞没。

开弓没有回头箭。牛男把手伸向梯子。

其实无须犹豫，眼下即便是迎头撞见了肋，牛男也手握着已死之身的优势。肋再怎么丧心病狂，终究还是肉体凡胎。对阵一具复活的尸体必定无计可施。

牛男双手发力，慢慢爬上梯子。然后从地板的洞口探出头，扫视整间工作室。

"啊呀！"

无人逝去

只见墙边有一个巨大的蜡块。

惊吓让牛男的肩膀一松，他连忙抓住梯子。

蜡像熔化，像雪崩一样覆盖在什么东西上面。一把锥子滚落在地，应该就是昨天见到的插在蜡像胸口上的那一把。

仔细审视熔化的蜡油，依稀能够从中看到一张人脸。一个手掌从蜡油的底部伸了出来。拇指的指甲劈成了两半，指甲缝里淌出了鲜血。地板上也残留着些许血迹。想必是被强行带至此处，继而被掩埋在了熔化的蜡油下面。

牛男沮丧地跌坐在地上。蜡油下面显现的人脸与肋十分相似。应该是口鼻之中被灌入了蜡油后窒息而死。敲一敲蜡油表面，发出响亮的声音。

肋的旁边还有一个蜡油覆盖的小鼓包。里面应该是扎比人偶。凶手在这里同样是用扎比人偶复刻了尸体的状态。

牛男、乌冬、齐加年、艾丽，还有肋。条岛上仅有这五个人，然而一夜之间所有人全部命丧黄泉。这个岛果然还隐藏着不为人知的秘密地点。

牛男闭上眼睛，让自己冷静下来。尽管与尸体对面而坐让人有些毛骨悚然，但是目前来看这里是最安全的藏身之处。地板上有掉落的锥子，墙上的架子上还有锤子和刻刀，不论什么人爬上梯子，牛男都有一战之力。

墙上的挂钟指向十二点四十分。从遇袭前的十一点半算起，自己死后差不多已经过去了十三个小时。

牛男又看了看手表，看样子确实是在凶手袭击自己的时候坏掉了，自打自己复活之后表针就没有走动过。表盘上有裂纹，还沾着红色的血污。

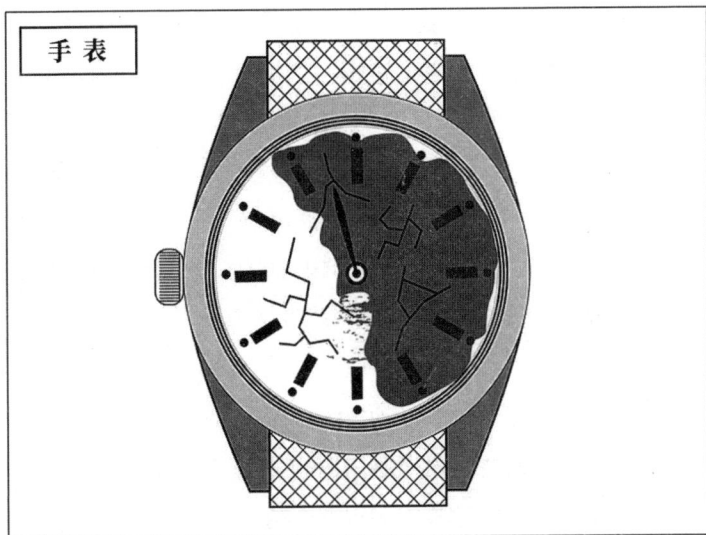

手　表

无人逝去

　　牛男把脸凑近，发现裂纹处没有血液渗入。看来不是先有的裂缝后沾的血，而是血干了之后才出现的裂纹。凶手应该是在牛男头顶钉完了钉子，把他摆在椅子上的时候磕碰到了手表。表盘上还留下了表针蹭上血之后画出的同心圆形状的痕迹。

　　千头万绪，无从下手。牛男做了一个深呼吸，重新环视工作室。

　　室内乱七八糟。这间屋子比牛男的廉价公寓稍大一点儿，高高的架子上摆放着绘画工具、喷墨、血浆、各类工具、笔记本、石膏、锅、便携式燃气炉、镜子等各种各样的东西。工作台附近还七零八落地扔着家居服、雨衣、皮包、手电筒、打火机之类的东西。

　　翻开放在架子上的红色笔记本，里面记录着一些有关蜡像制作的内容。还有很多女尸的速写。这一屋子锛凿斧锯的用途果然都是为了忠实还原尸体的形貌。

　　昨天艾丽曾提到有一个盛放硫酸的瓶子，但是现在却找不到了。应该是凶手把硫酸泼向艾丽之后带走了瓶子。

　　"……"

　　牛男设想着凶手的一举一动，然而一个疑点浮现出来。

　　牛男就寝之前，曾用电线把门把手和床腿捆在了一起。但是当牛男在复活之后，电线脱落，门也半开着。窗户虽然被打破了，可外面是悬崖峭壁。凶手究竟是怎样闯入房间的呢？

　　记忆中的景象在牛男脑海里飞速旋转。在他失去意识之前，他曾看到疑似凶手的鞋头。那只运动鞋上有一团像腐烂的奶酪一样的东西。

　　昨天，牛男在巡游条岛之前曾去厕所吐过。有一半吐到了马桶里面，其余的则吐得地上到处都是。凶手运动鞋上沾着的东西，应该就是牛男的呕吐物。

晚饭后，牛男觉得反胃，在食堂的厕所里呕吐之后才回到了房间。凶手便是趁这个时间差潜入了牛男的房间，躲在了厕所里。为了不让牛男发现，他关掉了厕所的灯，因此不小心踩到了牛男的呕吐物。为了确保能够把牛男干掉，他一直等到牛男睡着以后才动手。

"……"

还有一个不对劲的地方。

凶手预判到牛男会固定住门把手，于是提前潜入了牛男的房间。事情到这里都说得通。毕竟较之于破门而入，潜伏着静候时机更为容易。

问题在于潜伏地点。凶手为什么要躲在厕所里呢？

客房里有一个大衣柜，藏一个人绰绰有余。比起牛男随时可能使用的厕所，藏身衣柜应该更加安全。

那么他为什么还要躲在厕所里？这是因为凶手很清楚牛男厕所里的马桶坏了，牛男不会再使用这间厕所。

——我厕所堵了，冲不下去，你们谁借我厕所用用？

昨天牛男曾对其余四人说过这样一句话。

这句话应该是被凶手听到了。

然而牛男说这句话的时候，五个人正在沙滩漫步。若是在天城馆内部也算合情合理，可是室外根本不可能安装窃听器。凶手是亲耳听到了牛男的这句话。杀掉牛男的凶手，就在其他四名作家当中。

"咕咚"，牛男咽了一口唾沫。凶手并不是嗜血的怪物，而是一个狡诈的高智商犯罪者，他先是通过假扮被邀请人来迷惑大家，然后再精心筹划、痛下杀手。

牛男忽然抬头看向蜡块中那张若隐若现的脸。

乌冬、齐加年、艾丽、肋，牛男目睹了面目全非的四人。如果凶手是其中一人，那么他已经死了。他了断了自己的性命，又伪装成被害身亡。把扎比人偶放在尸体的旁边，就是为了把自己伪装成连环杀人案的受害者之一。

那么凶手究竟是谁？牛男苏醒之前曾听到两个声音。一个是老鼠跑动的声音，还有一个是东西掉进大海的落水声。不论凶手是在销毁证据还是投掷装有真相的漂流瓶，这个声音都可以证明在那个时间，凶手还活着。

牛男复活是在早上十一点半。那么从十一点半到牛男发现尸体的这段时间，他们当中的哪一个人能够完成自杀？

牛男复活后首先发现的是乌冬的尸体。从听见声响到发现尸体，最多只过去了十分钟。哪怕乌冬是服毒后自沉浴缸，时间也来不及。况且尸体的皮肤上已经出现了鼓胀得像水疱疹一样的东西，应该已经死亡几个小时了。

那么齐加年呢？齐加年面部遭到重创，倒地后头部伸出了扶手栏杆的空隙。如果他是在牛男去浴室和食堂期间跑到二楼走廊自杀，那么从时间上来说是可行的。而且牛男也没有爬上二楼确认他的死状，即使他暗中呼吸，牛男也根本觉察不到。

但问题在于血迹。大厅的波斯地毯上还残留着滴血的痕迹。而且血迹已经干透了，说明地毯沾血，至少也过去了十多分钟。如果他是在看到牛男复活后匆忙自杀或是伪装他杀，时间上同样存在着矛盾。

那么就是齐加年为了捏造死亡时间，特意提前染红了地毯——

这种想法也不太合乎常理。按理说凶手应该想不到牛男会复活。既然无人生还，他又何必要制造这个假象呢。

那么凶手会不会是艾丽？这也让人百思不得其解。艾丽被人泼了硫酸，全身上下的皮肤残破不堪。然而牛男并没有在工作室下方的沙滩上找到装硫酸的瓶子。当然，也可能是艾丽自泼硫酸后从工作室跳向地面，但是这么一来瓶子就应该留在工作室里。如此看来，艾丽确实是被凶手推落地面，然后被泼上了硫酸。

那么，是肋吗？这家伙就更不可能了。牛男赶到工作室的时候，蜡油已经凝结为了硬邦邦的蜡块。显然死于牛男复活之前。而且他也不可能在给自己浇上蜡油之后一动不动地等死。

"……"

牛男望着天花板。蜘蛛正在铁皮屋顶的缝隙间织网。

毋庸置疑，凶手就在四名作家当中，而他们又全都被杀身亡。这就矛盾了。自己应该是中了凶手的诡计。

慢着！牛男缓缓地坐直身子。

五人被杀，凶手不在其中，然而这座岛上并没有第六个人。那么只有一种可能，有一具尸体是假的。

凶手事先准备了一具假尸体。

四人的脸依次在牛男脑海中浮现。浴室里男性浮尸的容貌很明显就是乌冬。脑袋从栏杆空隙里伸出来的男尸毫无疑问就是齐加年。工作室下方的女尸虽然全身被溶解得支离破碎，但是和艾丽一样，右手食指缠着创可贴，嘴里有牛男曾经见过的那颗银牙。

牛男深吸一口气，凝视着靠在墙边的蜡块。能够证明蜡块里是肋的尸体的唯一证据，就是透过蜡块表面所看到的那张模糊的脸。但很可能那具尸体完完全全就是一个陌生人。

无人逝去

肋是自杀幻想作家。他平时经常接触那些自杀志愿者，搞到一具替换自己的尸体自然是轻而易举。而且尸体又能够放在随身携带的行李箱中，这样一来，一切都说得通了。

凶手就是肋。而证据，就在眼前的蜡块之中。

牛男从架子上取下锤子，砸向蜡块。他对准看上去模模糊糊的鼻子和眼窝上方——天灵盖的位置，铆足了劲儿，一锤子下去。伴随着沉闷的敲击声，像粗糖一样的白色颗粒四处飞溅。

牛男一锤接一锤地砸着。蜡块的表面像是白煮蛋一样出现了裂纹。他用力抡着锤子，终于蜡块剥离，纷纷落在地上。

"哎？"

短发，窄额，塌鼻子。

蜡块里的人就是肋。

尽管他的皮肤像冻疮似的又红又肿，但无疑就是肋本人。牛男胆战心惊地碰了碰他，他的皮肤像陶器一样冰冷。

肋死了。这究竟是怎么回事？

只有肋能够调换假尸体。然而他确实已经死了。他要是死了，那还有谁能杀死我们？

远处传来尖塔的钟声。一阵劲风刮过，脚下摇摇晃晃。牛男用力扶住圆木，而就在此时，牛男面前忽然响起一声炸雷般的惨叫。

"呜哇！"

他抬头一看，只见浑身粘满蜡块的肋正抠着双眼高声呼喊。

★

雨水猛烈地敲打着屋顶。

阿良良木肋解完手走出厕所，发现客房门下方的门缝里塞了一张便笺纸。上面写着：

想聊聊晴夏。凌晨一点，工作室见。

"这什么东西？"

他把字条反过来，背面也没留名字。显然是有人想把肋诱骗到工作室里。看来，肋在对方眼中是个容易上当的糊涂虫。

"喂，可疑分子来信了啊。"

肋本想去叫隔壁房间的齐加年，可是手刚放在门把手上，他又忽然屏住了声息。

那个医生总给人一种形迹可疑的感觉。说不定他是假装受邀而来，实际上他就是将肋等人召集到岛上的罪魁祸首。只有医生和老师这种看谁都是傻瓜的货色，才会写出这种愚蠢到家的信。

肋松开门把手，又读了一遍字条。

既然对方狗眼看人低，那么这就是一个机会。

肋不是一个普通作家，而是自杀幻想作家。高一那年夏天他被女朋友踹了，留给他的理由是"成天到晚读恶心的书"。失恋让他寻死觅活，从那以后，他就一直在探寻死亡的真相。平日里他虽然也在餐馆后厨上班，但那不过是装装样子罢了。

肋采访过无数个自杀未遂的人。包括卖身养活牛郎却反被抛弃的女人，被黑社会报复灭门的警察，孙子命丧车轮的老人，以及在父亲的强迫下与世界各地的土著民族发生关系的女大学生——

为了倾听他们的心声，肋历经千难万险。他曾被情绪激动的受访对象用刀割伤，也曾被黑社会误会，送来死鸽子恐吓他。他的人

无人逝去

生和那些啜着咖啡写稿子的同仁截然不同。因为他知道什么是真正的死亡。

"干他个人仰马翻。"

肋把字条团巴团巴装进衣兜，从行李箱里拿出手提包，把防身用的折叠刀和手电筒塞进包里，在家居服外面套上雨衣，然后走出了房间。

穿过亮着橙色灯光的大厅来到室外。暴雨越下越大。即便是戴着帽子，走路时雨水也会淌进眼睛和鼻子。水势上涨的河流发出阵阵低沉的咆哮声。

他小心翼翼地走下石阶，沿着沙滩走到了工作室下方。头顶便是离地五米高的圆木小屋。

此时是零点四十五分。距离约定的一点还有十五分钟。周围的沙滩上不见一个人影。

肋的右手抓住与脸高度齐平的梯梁，脚踩在最下面一级的横梁上。倾泻而下的雨水让他的手一个劲打滑。他左臂骨折，一旦右手再不抓牢，他就会大头朝下摔下沙滩。虽不致死，但估计也得摔个七荤八素。肋搂着圆木，一级一级地爬上了梯子。

他从地板的洞口探出头来。屋里没人。于是他钻进小屋，拉下从天花板垂下来的灯绳，灯亮了。

"哎呀！"

肋吓得两腿一软。

只见一只怪物站在他的面前。看外形像一个年轻女人，胸口插着一把锥子。原来是正在上色的蜡像。

"吓我一跳。"

肋松了一口气，在地上盘腿抽起了烟。他没有忘记把装着刀的手提包放在触手可及的地方。这支烟是让自己在单挑之前能够振奋精神。

不知道是什么人把我们召集到了条岛。但是那个人肯定非常自信，自以为是而且性格偏执。心里只惦记着他自己和晴夏的特殊关系，把怨恨宣泄到其他作家身上。

肋握住挂在脖子上的狗牌。的确，晴夏和很多推理作家都有不清不楚的关系，但是能让她敞开心扉的只有肋一个人。

共患难，是人类特有的一种情感。世界表面上波澜不惊，但是剥开表象之后便是无法想象的暴力，而这暴力常常与死亡相伴。只有那些向死而生的人才能体会到真正的恐惧和绝望。肋了解晴夏所体会过的恐惧，晴夏也理解肋的绝望。

晴夏与其他作家都不过是逢场作戏罢了。我虽然不知道这个会错意的人是谁，但是只有我才能让他认清现实，并向他施以惩戒。

肋手按着打火机的压杆，而就在此时。

"啊？"

只听"咚"的一声。

蜡像的上半身摔倒在地，撞到镜子时发出干涩的声响。

肋的身体仰倒在地。

"咔吧"，指甲裂开了。

他慌忙伸手去抓手提包，但为时已晚。他的头顶遭到一记猛击。

视野上下颠倒。从他的眼中看去，天花板似乎也扭曲了。

没有走马灯，没有花海，也没有隧道。

这就是死亡吗？我意气风发、毕生追求的死亡，竟然是这种感觉。

无人逝去

不对。是什么在看着我。死神、恶魔，那究竟是什么——

昏迷之际，肋目睹了怪物的模样。
那是一只被无数眼球包裹着的诡异怪物。

惨剧（二）

无人逝去

　　牛男从衣兜掏出餐刀，左手持刀，右手举着锤子。

　　原本一命呜呼的肋发出阵阵惨叫。难道这小子是在装死？但是自己刚才摸到他皮肤冰凉，分明就是一具尸体。这是怎么回事？

　　"小子，别叫了！"

　　牛男哑着嗓子呵斥道。

　　肋的脑袋抽筋一般打着晃，不停地发出歇斯底里的尖叫。"咚、咚、咚"，后脑勺撞击墙壁发出沉闷的声响。一些发黄的液体被他甩得满地都是，不知道是鼻涕还是口水。

　　这家伙果然是在装死。既然其余三人已经身亡，那么凶手别无他人。就是这个家伙杀死了我们。

　　"我让你别叫了，你小子是听不懂吗？"

　　牛男说道，心里已经打定主意。

　　想要活下去，就必须把这家伙干掉。

　　"这就送你见阎王。"

　　牛男高高举起锤子，对准了肋的天灵盖。肋还在抠着眼睛。

　　突然，牛男脚下一滑，登时天翻地覆。还未等他落锤击碎肋的头盖骨，自己的后脑勺先重重地磕在了地板上。倒地时腾起的银粉在半空中飞旋。

　　"求、求求你。不要杀我。"

　　耳边传来肋的声音。

牛男抬起头，只见肋周围有一摊液体。

他应该就是踩上这摊液体滑倒的。他深吸一口气，闻到一股烂苹果的味道，这是尿液。肋尿裤子了。

牛男摸了摸后脑勺，那里表皮塌陷，变成了平的。钉子比刚复活的时候扎得更深了。

他无意间歪过头，在身旁破碎的镜子中看到了自己的上半身。镜中一个男人屁股着地，身上穿着血迹斑斑的家居服。面对着这样一个手持凶器的大汉，难怪肋会鬼哭狼嚎。

"不要杀我。你、你让我干什么都行。"

肋抽抽搭搭地说道。

"我怎么会杀你。"

"你刚才不是说要送我见阎王吗？"

"我说了吗？"牛男一时语塞，"你听错了吧。"

"我真听错了吗？话说回来，牛汁老师，是你偷袭了我吧？"

肋吓得快要背过气去了。看来他错把牛男当成了凶手。

"你好好想想，偷袭你的人是不是戴着一个怪模怪样的面具？"

"面具？是啊是啊，上面有很多眼睛。"

"那不是我，我和你一样是被害者，你瞧。"

牛男撩开头发，露出扎穿前额的钉子。

"好家伙，像真的被扎穿了一样。"

"当然是真的扎穿了。"

两人沉默几秒。随后，震惊之下嘴尚未合拢的肋低头察看自己的身体。他那副样子就仿佛是被一个年糕形状的妖精生吞了下去。

"这是怎么回事？"

"凶手用蜡油给你憋死了。我是被剥掉了一块头皮。"

"不可能不可能。我要是脸被埋进蜡油里，早就憋死了。"

"我也是这么想的。可是你已经死了。"

肋目瞪口呆。

"这里是天堂吗？"

"我觉得不是。"

"这、这我就搞不懂了。"

"先说我吧。我脑袋被钉了一根钉子，然后死了。这会儿也没有心跳。但不知为何，半天以后我又活了过来。我觉得你的情况跟我一样。"

"真的假的？"肋有气无力地说道，"真让人难以置信。"

牛男面前这个男人不像是在装傻。他同样是死于他人之手。

"你方不方便搭把手，帮我把这些白色东西剥掉？"

蜡块里传出"咯吱咯吱"的碎裂的声音。应该是肋在活动手脚。

"你自己弄不开吗？"

"哎呀，我裤子都湿了，难受得很。"

肋像乌龟一样缩着头。

牛男收起刀子，举起锤子乱砸一气，就像一个撒酒疯的考古队员。起初肋紧闭双眼，准备迎接锤子带来的疼痛，但他似乎很快发觉自己没有痛感，呆若木鸡地低头注视着自己的身体。

从蜡块中脱身的肋，下身湿淋淋的都是尿液。家居服也褪了色。

"谢谢你！大恩大德永世不忘。像做梦似的，捡回了一条命。"

肋半跪着扑打掉手脚上的蜡块。手臂绷带显露出红色的血迹。当初他从船舱的床上摔落到地时并没有外伤，这些血迹应该是他被凶手袭击的时候，之前折断的骨头刺穿了肌肉所致。

"你的胳膊，伤得不轻啊。"

"没事，一点儿也不疼。牛汁老师的头看上去要更严重啊。"

肋在墙根找到了一支香烟，抹了抹上面的灰尘，喜笑颜开地叼在嘴里。

"你还能抽吗？肺都腐烂了，再吸点尼古丁，说不定你人就过去了。"

"这可不像牛汁老师说的话。不让人抽烟，那死而复生还有什么意义？"

肋捡起掉在工作台下面的打火机，点燃了烟。这小子真是没心没肺。

"地上这些东西是你带来的吗？"

"我看看，雨衣、手提包、手电筒，是我的。那套家居服不是。"

家居服应该是艾丽的，被凶手脱掉扔在了这里。肋打开手提包，那把折叠刀还在。

"对了，牛汁老师为什么会来工作室？"

肋一扭头，蜡块的碎片像头皮屑似的纷纷飘落在地。

"因为我不想撞上杀人狂。你之前不是说过嘛，万一怪物出现，可以坚守在这个工作室里。"

"啊，原来如此。"肋打了个响指。

"你又是为什么跑到工作室来了？"

"是这么回事。半夜的时候我起来解手，结果回屋的时候发现了一张字条。字条上说让我在凌晨一点来工作室。"

"就是这个吧，掉在下面的沙滩上了。"

无人逝去

牛男从衣兜里取出字条。

"没错。后来我觉得其中有鬼，就来工作室一探究竟，然而一个人也没见到。正想抽支烟的时候，遭到了突然袭击。凶手应该是藏在蜡像后面。我挨的那一下可真是疼得要命。"

肋回头望向工作室的角落。那里已经没有蜡像的踪迹，只剩一把锥子。

"被袭击之后的事你是不是都没有印象了？"

"一点儿印象也没有。当时昏过去了，倒也算是不幸中的万幸。"

肋看着肿大的胳膊，皱着眉说道。

凶手在肋失去意识之后，将熔化的蜡油倒在了肋的身上。他应该是先打碎蜡像，然后将其放入锅中，用炉子加热熔化。

"……对了，其他人都在哪里？"

"都被杀了。复活的只有我和你。"

肋露出一副探望病人时充满同情的表情。牛男向他讲述了自己在房间里遭遇凶手袭击，以及从复活到来到工作室的经过。

"好家伙，这不就是《无人生还》吗？"

肋不知为何两眼放光。

"那是什么东西？"

"是一部小说。牛汁老师，你当真是推理作家？"

"少说废话，你个死推理迷。"

"沙希老师是倒在沙滩上吧？沙滩的什么位置？"

"就在你正下方。看你脚下。"

肋透过地板上的洞口向下看，然后怔怔地露出笑容。看他那架势下一步就要手舞足蹈了。

"你就是凶手吧？"

"放屁。老子好不容易当上了作家，还杀什么人？"

"讲道理，凶手只能是你。"

听了这话，牛男恨不得一把将肋从工作室推下去。他强忍着冲动，向肋解释了眼下的情况：调换尸体的只能是肋。

"原来如此，牛汁老师，你真是少根弦啊。很明显我不是凶手，甚至都不需要把我从蜡块里刨出来就能证明。"

"少根弦？"牛男揪住肋的前襟，"你小子敢小瞧我？"

"你先别生气啊。按照牛汁老师的推理，我是把假尸体搬到了工作室，然后自己往身上倒上了蜡油。但是很遗憾，这是不可能的。因为我没办法搬尸体。"

肋说着冲牛男晃了晃左臂。绷带里渗出了血。他的意思应该是他骨折了，所以搬尸体这种力气活他根本办不到。

"你小子的脑浆是固体吗？难道不能用右手？"

"拖个行李箱当然没问题了。但是我怎么爬梯子呢？单手爬梯子已经跟登天差不多了。再拖着个行李箱，根本是不切实际嘛。"

"你可以像齐加年那样用皮带把箱子固定在后背上啊。再不行，你还能用绳子捆住行李箱，人爬到工作室之后再把箱子拉上来啊。"

"你这人还真是死心眼。那我给你看一个更明显的证据，就是这个。"

肋伸出右手的大拇指。指甲从正中间劈成了两半。

"我的右手几乎没有沾上蜡油。牛汁老师你也看到了，只有这一部分露在蜡块外面，而且地板上还有大拇指指甲开裂流出的血。"

肋转动手腕，用拇指指向地板。地板上确实有一道像是刷子刷过似的血迹。

无人逝去

"那又怎样？"

"你还没想明白吗？因为工作原因，我见过很多尸体。人在死亡以后，血液循环就会停止，体温也会下降，体内的血液就会慢慢凝固。如果放在蜡块里的是从陆地上搬运过来的尸体，那么就算指甲裂开，它也不会流血。"

肋露出了得意的笑容。这番话虽然听着让人窝火，但是逻辑上没有任何问题。

"既然说到这里了，那就说说你的推理。究竟是谁杀死了我们？"

"不知道，但肯定跑不出另外那三个人。毕竟我和牛汁老师应该都不是凶手。"

肋很淡然地说道。牛男脑海里浮现出乌冬、齐加年和艾丽三具面目全非的尸体。

"我看到了那三个人的死状。都不像假的。"

"这么说三具尸体都是他们本人，但是其中有人是在装死。比方说沉入浴缸的乌冬老师，说不定就是憋气潜水。"

肋装模作样地分析道。牛男本想开口反驳，但随即又收住了话头。他亲眼见到了乌冬已经泡胀了的身体，至少死了几个小时。不过眼下见过其他几人死状的只有牛男自己，与肋争来争去也没有意义。

"我觉得那三个都是真正的尸体。"

"那么我们再去看一次吧。"

肋兴高采烈地从地板的洞口探出头去，海风卷起了他前额的头发。

"说不定杀人狂还在附近游荡呢。"

"不用怕，反正咱俩都是死人。"

肋满脸笑容地说道。

艾丽的尸体掉落在支撑工作室的圆木架子和悬崖的缝隙之间。

梯子位于圆木架子的外侧，与尸体还有一定距离。想要直接察看尸体，就必须顺着圆木钻进支架内部。这对于一条胳膊骨折的肋来说过于危险，因此去尸体旁边详查的任务就落在牛男身上。

牛男钻出地板上的洞口，爬到梯子下面，脚踏在纵横交叉的圆木上，像在爬一座巨型的儿童爬架。

从工作室下面向上看，能看出地板的厚度约为十厘米，并没有想象的那么厚。地板由细长的板材拼接而成，透过地板的缝隙隐约看到光亮。固定地板和立柱的粗大方材，与二者在地板下方构成了直角三角形。死角处虽然容得下一只死猫，但是肯定藏不下一个人。

牛男顺着圆木来到沙滩，远处传来杳杳钟声。艾丽所在的地方飘来一股呕吐物被烧焦了的恶臭。他不由得紧紧捂住鼻子。

艾丽的上半身倚着岩石，嘴张得很大，直勾勾地望着天空。牛男想起九年前在秋山雨那里看到的奔拇族男子的尸骨。那具尸体的面部被钉入木楔，同样是大张着嘴。

艾丽从头到脚都被浇上了硫酸。皮肤溃烂，眼球鼓胀，鼻子像塌方似的歪向一边。牛仔裤也是污渍斑斑，上面的液体像是混合了血液和尿液。鲜血从两肋流淌而出，一直延伸到背部。

"都这副德行了，你觉得她还能活着？"

牛男指着尸体嘟囔道。

"这个——毕竟我也不是医生。你摸摸她的脉搏吧。"

无人逝去

　　肋已经顺着梯子来到了沙滩，他把脸贴在圆木上指指点点。隔着木架子看去，肋像是被关在禁闭室里，但其实牛男才是那个身陷囹圄的人。

　　牛男屏住呼吸，把手放在艾丽手腕上还没有烂掉的部分上。可能是因为暴露在盛夏酷热的空气中，尸体的皮肤是温热的，但是没有脉搏。

　　"死了。"

　　"那有没有可能是别人的尸体？"

　　"不可能。手指上缠着创可贴。而且你看，她嘴里还有银牙。"

　　牛男抬脚从侧面抵住艾丽的头，把她的头扭向肋。

　　"还真是。真是糟蹋了这颗可爱的银牙。"

　　肋尖着嗓子感叹道。牛男把艾丽的头恢复原位，探身看了看艾丽嘴里。

　　这一看不要紧，一股寒意直冲头顶。牛男像哑巴了，嘴里发不出声。

　　"怎么了？"

　　肋依旧操着玩世不恭的语气。

　　"嘴里啥都没有。"

　　牛男挤出一个走调的声音。

　　只见艾丽上下两排牙齿中间，是一个血红的空洞。艾丽的舌头不见了。除了嗓子眼的悬雍垂，就只剩下一个空荡荡的黑洞。

　　牛男突然意识到了一个极其可怕的事实。他把手伸进衣兜，拿出了之前在梯子下面捡到的那个东西。

　　这块红黑色的柔软的碎肉，是舌头。

　　"那是什么东西？五花肉吗？"

"这是沙希的舌头。"

肋迸发出孩童一般凄厉的惨叫。

牛男调整了一下呼吸，再次看向艾丽口中。挨着下排牙齿的地方有一处伤痕。看上去出血很多，牙龈内侧是一片凝固的血迹。牛男复活的时候嘴里也有一团黏稠物，然而出血量完全不能与之相提并论。

"这个，是在哪里捡到的？"

肋指着舌头问道。

"就是你现在站着的地方。"

"哎呀。"肋提心吊胆地四下张望，"尸、尸体附近，有没有拔舌头的钳子？"

经他一提醒，牛男开始在周围寻找。沙滩十分平整，没有发现艾丽和凶手打斗的迹象，也没有找到钳子或是瓶子。只有一个变形的扎比人偶。

"没有。应该是被凶手带走了。"

"那么尸体指甲缝里有没有沙子？"

"沙子？"

牛男弯腰察看艾丽的指尖。指甲上涂着小龙虾颜色的指甲油。指甲缝里干干净净。

"什么都没有。"

"这样啊。这个——还有其他疑点吗？"

肋大摇大摆地指挥牛男，俨然一副侦探派头。

牛男心烦意乱地察看着艾丽的尸体，忽然发现艾丽脑袋后面的岩石上有一个金属片。可能是他转动艾丽头部给肋看银牙的时候掉出来的。

无人逝去

牛男弯腰将金属片拿在手中，原来是沾着蜡油的狗牌。正是肋得意扬扬地挂在脖子上的那个。

"哎呀，这不是我的项链嘛。"肋抻着脖子说道，"麻烦你给我。"

"我当然认得。为什么你的项链会出现在沙希的脑袋下面？"

"我哪里知道。可能是凶手给我的脸上倒蜡油的时候，从脖子上脱落掉下去了吧。"

"人真不是你杀的？"

"肯定不是呀。我也是受害者。我这不已经被杀了嘛。"

肋挠着头苦笑道。头发上沾着的蜡块扑簌簌地掉了下来。

"也许是凶手担心死到临头还戴着这么土鳖的项链，去了那头，没法跟那边的人交代——"

这时，一个凉飕飕的东西落在了牛男的头顶上。

牛男打了个寒战，抬头看去。只见有液体从支撑着工作室的横梁上滴落下来，正落在艾丽的腹部。这水滴的味道就像公园的公共厕所一样臭。应该是刚才肋被吓出来的尿。

"哈哈哈，让你狗嘴里吐不出象牙。"

肋美滋滋地笑着。

牛男咂咂嘴，然后把狗牌丢向木头架子另一头的肋。

炎炎烈日将皮肤晒得生疼。然而诡异的是人居然不出一滴汗。

在天城馆的门廊上俯瞰大海，红色沉淀物的面积越来越大，仿佛是条岛流淌出来的鲜血。

"那是赤潮吗？"

"应该是游艇漏油了。"

"噢，原来如此。这座岛才是真正的受害者——开个玩笑。"

肋忙不迭地把狗牌挂上脖子，然后阴阳怪气地说道。牛男没有搭理他，径直穿过门廊。肋紧随其后。

"哎哟，蓝色罩子掉下来了。"

肋看着天城馆左侧的空地说道。果然之前盖在木板车上的蓝色罩子掉了下来，落在住宿楼的墙外。

"暴雨冲下来的吧。"

"不对——不可能。"肋弯腰察看车底。"车子下面的土是湿的。如果车子没动过地方，那么土应该是干的。凶手一定用过这辆车。"

牛男也好奇地看向车子下面。只见泥泞的土地上星星点点的有很多小水坑。

"凶手用车子做什么？"

"不清楚。我们先去调查尸体吧。"

肋说着便掉头走向玄关。牛男跟在肋的后面。此时尖塔又传来钟声。

打开门，眼前便是血迹已经凝固的波斯地毯。

"你看。是不是不管你怎么看，那都是个死人吧？"

牛男抬头望着从二楼走廊伸出来的齐加年的头。齐加年面部青紫，舌头耷拉在外面。脸上似乎还沾着泥巴。

"噗，瞧他这副模样。"

肋咬着嘴唇强忍笑意。

"你小子其实就是杀人凶手吧。"

"别开玩笑，这可是在破案呢。咱们再走近点看看吧。"

肋穿过门厅，登上正前方的楼梯。天花板的吊灯随着"咯吱咯吱"的脚步声微微晃动。

无人逝去

转过走廊，面前就是穿着雨衣扑倒在地的齐加年。只有头部悬在栏杆外面的样子，不禁让人联想到了断头台。一个断臂的扎比人偶被丢在他脚尖旁边。

肋弯腰摸了摸尸体的手腕。齐加年的手掌上粘着厚厚的泥巴。

"他已经死了。"

"我刚才不就说了，一个大活人，脑袋都被打烂还能不死？"

从栏杆俯视一楼，能看到齐加年面部的正下方有一片滴落的血迹。

"咦？"

肋的视线落在扎比人偶身上。这个人偶手臂脱落，泥块散落在地毯上。人偶里面是空的，就像陪葬的陶俑。

"怎么了？"

"这有些可疑啊。你看泥人的手臂掉了，但是齐加年的手臂完好无损。"

肋打量着人偶和齐加年说道。的确，在其他现场，凶手都是用扎比人偶来还原尸体的样貌。难不成凶手忘了砍掉齐加年的手臂？

"真是想不通。要不咱们先去看看乌冬老师吧。"

两人并肩走下台阶。穿过大厅和走廊，前往浴室。

更衣室的门依然敞开着。牛男初次发现尸体时惊恐万状的情形，已是恍若隔世一般。

"你看这家伙像是活的吗？"

牛男指着浴缸说道，说着还拍了拍肋的屁股。

肋探头看向浴缸。乌冬的身体胀得更大了，变得像水母一样。浴缸的水位约在浴缸高度三分之二的位置。乌冬的头部、背部和臀部漂浮在泥浆一样浑浊的水面上。浴室地上的扎比人偶已经溶化成了一摊烂泥，看不出它面向何处。

"嗯——应该不是装死。"

肋把右手插入浴缸，拎起乌冬的头。带出来的水四处飞溅。鼻子、耳朵、嘴唇、眼皮上全是一簇簇的穿环。

"哎？"

肋审视着乌冬的脸。风从破损的窗户吹入浴室，浴缸里的水泛起波纹。

"怎么了？"

"你看，这里的穿环不见了。"

肋指着乌冬的脸颊。左右脸颊各有一个宽约一毫米的小洞，而号称是晴夏赠予的穿环却不翼而飞。

"掉下来了吧，喏，在那儿。"

两人再次检查浴缸，只见水面上漂浮着一个硅质的卡扣。这就是之前牛男抬起乌冬脑袋的时候从嘴里掉出来的那一个。而穿环应该已经沉入缸底了。

"凶手为什么要把这个穿环摘下来呢？"

"可能是把乌冬按在水里的时候，卡扣脱落了吧。"

"这个——怎么会这么轻易就掉下来了呢？"

肋提着乌冬的脑袋左看右看，但最后放弃了似的松开了手。"扑通"一声，乌冬的脑袋又没入水中。

"我说的没错吧。没人装死，咱们都被干掉了。"

"果真如此。但我突然有了一个想法。咱们去牛汁老师你的遇害现场看看吧。"

肋语气轻快地说道，随后便走出了浴室。

自己调查自己遇害的现场，这感觉着实离奇。

房间正中央是一把沾满血污、歪倒在地的椅子。那个脑袋被剜掉一块的扎比人偶孤零零地仰望着天花板。

"这里面就是你提到的呕吐物吗？"

肋站在厕所门口，还未等瞟上一眼，随即捏住鼻子关上了门。

"你是特地来欣赏我的呕吐物吗？"

"不是，我觉得可疑之处在这里。"

肋看着房间里的地板。窗户吹入一阵风，窗帘随风摇摆。

"哪里可疑？"

"我推测当时的情形是这样的：牛汁老师你复活的时候不是坐在椅子上面的嘛？但是人在椅子上左摇右晃，不便于往脑袋里钉钉子。因此，凶手很可能是先把牛汁老师你放倒在地，在脑袋里钉入钉子，然后才把尸体摆在了椅子上。"

牛男低头看看手表。表盘有血，但是磕碰出来的裂纹中没有血。凶手先将钉子钉入牛男头部，继而挪动尸体的推理，从这块手表上可以得到印证。

"既然钉入牛汁老师头部的钉子从脑门穿出，那么地板上就应该有痕迹。"

肋蹲下身子仔细检查地板。地板上除了斑斑血迹，并没有发现有价值的证物。

"哟，在这里。"肋像狗一样把鼻子凑近地板，"这里有两处痕迹。"

牛男从肋背后探身看向地板。只见血迹下面有两个并排的小圆洞。形似公寓柱子上的蛀虫虫眼。两个小洞直径不到一毫米，靠近窗户的那一个稍微大一点儿。

"有点儿夏洛克·福尔摩斯的意思啊。凶手是白蚁吧？"

"你看，只有这个大一点儿的洞里有血。"

牛男在肋的提示下观察地板上的洞眼。确实大洞眼里面被血染红了，小洞眼只沾了一点儿泥。

"这又能说明什么？"

"噗。牛汁老师，在下找到凶手了。"

肋抬起头，笑眯眯地说道。

"在一个密闭空间内，一群人被一个接一个地结果了性命。然而凶手却不知去向。那么这个密闭空间之中究竟发生了什么？这个让人百思不得其解的谜团与《无人生还》有着异曲同工之妙。眼下我和牛汁老师就身陷其中，而被害人死而复生又让事情变得更加扑朔迷离。"

肋扯着嗓子唾沫星子横飞地说着。他口中的烟味扑鼻而来。

"赶紧说结论，凶手是谁？"

"别着急呀。自从听牛汁老师说我们五个人都被杀了，我就产生了一个疑问。凶手在杀害我们的时候，为什么要戴着一个满是眼球的怪面具？"

"你是说扎比面具？那应该是用来吓唬我们的吧。"

"行凶的时候戴着那种面具非常不便，我觉得不是吓唬我们这么简单。"

"那就是不想让我们看见他的长相。就和戴头套抢银行一个道理。"

"说对了一半。"肋得意地点点头，"而且凶手给所有人的房间都准备了肥大的家居服，也是为了不让我们从服装或体型上觉察到他的真实身份。但是这里有一个奇怪的地方。"

"怎么奇怪？"

"奇怪就奇怪在凶手把我们赶尽杀绝了呀。倘若他铁了心要置人于死地，也就没必要蒙面了。反正人都死了，看不看得见脸又何妨呢？"

"唔——怎么说呢。"牛男抱着胳膊扭了扭脖子，"毕竟一夜之间杀死这么多人是一件极其困难的事情。至于能不能得逞，可能凶手自己心里也没底。在他看来，说不定会遭到反抗，自己被反杀一刀，或者是在逃离现场的时候，撞见旁人而被制服。所以他遮住面部以防万一，也算不得奇怪。"

"凶手谋杀牛汁老师的时候倒是有可能遇到这些情况。但是他可是把我诱骗到工作室里杀死的。一来一个胳膊骨折的人毫无反击之力，二来凌晨一点也不会有旁人在工作室附近活动。"

肋下意识地晃动着左臂。肋说的没错，戴着视野受限的面具去杀人岂不是自讨苦吃。而且，当凶手面对着一个自己占据压倒性优势的被害人时，他又何必遮挡面部？

"那你说那个混蛋究竟是怎么想的！"

"很简单呀。我们应该这么想，一旦凶手在行凶杀人的时候露了相，那么将会发生什么。那就是我们不用像现在这样来来回回地调查案发现场了。因为我们会亲眼看到他的真面目。"

"这还不是因为我们复活了嘛。"

"没错，这就是正确答案。凶手从一开始就知道，被害人有可能在几个小时以后死而复生。因此他才会在被害人毙命之前，一直遮挡着自己的面部。"

难道凶手事先预见到了这种怪异现象？

牛男抱着胳膊一动不动地回味着肋的话。竟有这种事？

"实在是让人费解。凶手难道是三途川①上的船夫吗？"

"具体情况还不清楚，但是凶手显然预先知道我们的身体会出现奇异的变化。凶手也因此提前做好了准备，来掩盖自己杀人狂的身份。"

"这是拿我们的身体做人体实验啊。这么一说，凶手就是那个医生齐加年了吧？"

"这个结论还为时尚早。这座岛上有五具尸体，所有人都被杀死了，凶手却仍旧下落不明。这一点不合情理。况且我们并非亲眼看见五个人被杀，唯一能够确定就是遇害身亡的有你有我。假如，五个人之中有人是自杀身亡，那么现在这种离奇的情形就解释得通了。"

"我也想到了。我刚刚复活的时候，我曾听到凶手将什么东西推入海中。当时凶手肯定还活着。但是在我复活到我发现尸体这样短暂的时间内，你们四个人没有一个能够完成自杀呀。"

"所以说，凶手布下的是疑兵之计！"肋甩掉烟盒，一副欣喜若狂的模样说道，"凶手伪造了自己被杀害的现场。"

"你小子兴奋什么？"

"眼下最重要的事就是查明五个人的死亡顺序。死亡期间必然是杀不了人的。因此最后一个死亡的人就是杀死其余四个人的凶手，而扎比人偶就是线索。"

---

① 又称三途河，是日本神话传说中生界与死界的分界线，灵魂过河需乘坐渡船。——译注

无人逝去

"扎比人偶？"牛男低头看着半截身子露在床外面的扎比人偶，"什么意思？"

"这些泥人被破坏后的样子与死者的死状相似。但是在看过每个泥人之后，咱们发现它们还原死状的程度各有不同。我旁边埋在蜡油里的人偶，还有沙希老师身边被泼了硫酸的人偶，都如出一辙地对应了尸体的形貌。但是齐加年老师旁边的扎比人偶却并非如此。齐加年老师面部受伤，头部位于二楼栏杆空隙的外面，然而扎比人偶却是手臂脱落，横倒在走廊的墙根。"

"会不会是凶手马虎大意？"

"不会的。齐加年老师的手掌上粘着泥巴。这说明齐加年老师曾经用手抓住过扎比人偶。齐加年老师的头被按进栏杆空隙的时候，扎比人偶应该就在他触手可及的地方。"

"那齐加年为什么要揪掉泥人的手臂呢？"

"断臂泥人只是最终呈现出来的一个结果。当时，齐加年老师头破血流，他很清楚一旦失去意识就会失血而死，于是他想利用扎比人偶的泥巴来止血。尽管这样做可能并不卫生，但是情急之下也顾不了那么多了。加之他扑倒在地，又根本无法脱衣包扎。因此扎比人偶手臂脱落，其实是齐加年老师拼命抠泥造成的。"

牛男咽了一口唾沫。没错，齐加年脸上的黑色污渍确实像是涂了泥巴。

"但是我们察看齐加年尸体的时候，人偶在他脚尖附近呀。"

"确实如此。如果人偶一开始就在那个位置，那么齐加年老师自然是抓不到的。事实上，在齐加年老师身亡之后，另有其人觉得人偶模样可怜，便将其从栏杆边缘挪到了走廊内侧。毕竟想要搬动尸体很难，但是挪动一个人偶则不费吹灰之力。

"从中我们能够得到这样一个推论，那就是齐加年老师死后，除了凶手之外，还有其他人活着。齐加年老师不是最后一名死者。"

"这么说，他也不是杀害我们的凶手？"

"是这样的。"

牛男忽然想起应秋山雨之邀前往摩诃大学的时候，自己曾经解救过被压在文件下面的"不思议娃娃"。哪怕只是一个人偶，看到它可怜巴巴的样子也会于心不忍。牛男能够理解这种心情。看来这四个人当中也有同情人偶的好心人。

"这个推论也适用于乌冬老师。乌冬老师的人偶并不在浴缸里，而是在浴室外的地板上。而浴缸里的水之所以像泥浆一样混浊，是因为扎比人偶一度被泡在水里。有人发现乌冬老师的尸体之后，把扎比人偶从水中捞了出来。因此乌冬老师也不是最后一名死者。"

"这么说乌冬也不是凶手了。但是只有这两个人偶的样子与尸体不同。那么嫌疑人就还有三个。"

"不对，牛汁老师你也适用于这个推论。"

"我？"牛男耸耸肩，"什么意思？"

"牛汁老师的头被铁钉刺穿，但是扎比人偶头上的钉子却被人拔了出来。说明有人发现牛汁老师的尸体之后，拔掉了人偶头上的钉子。"

牛男泄气似的，肩膀一下子垮了下来。这推理简直是在胡闹。

"这都是你瞎猜的吧。凶手顶多是先给扎比人偶钉上了钉子，然后又把钉子拔出来扎进了我的脑袋。"

"不是的，证据就在这里。"

肋像跳踢踏舞似的用脚后跟磕着地面。地板上是那两个并排的小圆洞。

"这和白蚁有什么关系？"

"这是凶手钉钉子的时候留下的痕迹。大的那个是用钉子钉牛汁老师头部的时候，钉子穿破额头钉进地板留下的痕迹。大钉子贯穿人头，所以洞眼里才会有黏稠的血迹。小的那个则是贯穿人偶造成的，洞眼里面只有泥巴。如果凶手两次用的是同一根钉子，那么两个洞眼的大小应该差不多。之所以洞眼大小不同，就是因为钉子有粗有细。再看这个扎比人偶，上面并没有钉子。可见是牛汁老师死后，有人把人偶的钉子拔了出来。"

"那么那根钉子去哪儿了？那个闲人还专门把钉子带走了？"

"没有。钉子粘着泥巴，也没有必要专门带走。我觉得那个拔出钉子的人把钉子直接留在了这个房间。"

"那你倒是说说钉子在哪儿呀。"

"根据我的推断，钉子应该在这里。"

肋指着牛男的运动鞋，露出了猥琐的笑容。牛男忽然有一种不祥的预感。他抬起腿看了看鞋底，果然满是泥巴的胶底上扎着一根钉子。

"这是怎么回事？"

"牛汁老师恢复意识的时候从椅子上摔到了地上，钉子就是那时候扎进了鞋底。"

"真的假的。我怎么一点儿也不疼啊。"

"牛汁老师，你脑袋上不也扎着一根钉子吗？"

牛男从嗓子眼里迸发出一声大吼，那声音就像是一只被人踩住的青蛙。四处走动时牛男将钢钉入头的事抛在了脑后，而痛觉更像是完全丧失了作用。

牛男想起复活之后自己径直前往更衣室，当时还不知道为什么自己的脚底和鞋底粘在一起分不开。原来是因为钉子穿透了鞋底，扎进了牛男的脚掌。下台阶时铛铛作响、精神抖擞的声音，也是因为钉头磕碰在了石头上。

"你小子观察得还挺细致。"

"我好歹是个作家嘛——开个玩笑。其实是牛汁老师在工作室仰面摔倒的时候，我看见了你的鞋底。"

"我什么时候摔倒了？"

"就是你想打我，然后踩到小便滑倒了呀。"

肋举起双手模仿牛男摔倒的样子。牛男真后悔刚才没一锤子把这小子敲死。

"那你怎么自证清白呢？你如何证明自己不是最后一个死者？"

"当然可以证明。证据就是从沙希老师尸体下面发现的项链。如果沙希老师死在我的前面，那么当我被埋在蜡油下面的时候，沙希老师就应该已经从地板的洞口掉下去了。这么一来，从我脖子脱落的项链就不可能出现在沙希老师的尸体下面。凶手应该也不会特意跑下沙滩挪动尸体的位置。因此，沙希老师死在我的后面，也就是说，我不是最后一个死者。"

肋说得眉飞色舞。他这副德性让牛男厌恶至极，但又无法反驳。

"那么凶手就是——"

"沙希老师。她先杀了我们，然后自杀。"

艾丽是凶手？牛男不相信艾丽会杀死他们，更不相信她会了结自己的性命。

"别说了，这不可能。如果是她自己泼的硫酸，那硫酸瓶子应该在沙滩上呀。就算她是在工作室泼上硫酸然后跳了下来，那硫酸瓶子也应该在工作室呀。"

"她利用的正是这种想法。沙希老师事先知道我们会复活,为了避免在我们面前暴露身份,她在袭击我们的时候戴上了面具。而在伪造他杀现场的时候,同样不能暴露自己的身份。她只需藏匿现场的硫酸瓶子,就能轻而易举地洗脱嫌疑。那片沙滩必定有一处隐蔽之所,只是牛汁老师你没有发现。"

牛男想起了工作室下方那个阴暗的角落。他不明白肋究竟想说什么。

"你是说尸体下面?对不起啊,那地方只有你那条土得掉渣的项链。"

"我最开始也是这样想的。可是这种把瓶子往自己身子底下一塞的方法,未免太草率了。万一有人移动尸体,立马就会露馅。这不项链就是这样被牛汁老师发现的嘛。

"之后我又想她会不会是把瓶子埋进了沙滩。可是现场既没有铁锹,沙希老师的指甲也是干干净净,并不像挖过沙子的样子。"

"你这不是兜了一圈又兜回来了吗?"

"其实还有一个地方可以藏瓶子。不是在尸体下面,而是在尸体里面。"肋像要打哈欠似的张开嘴,然后指了指舌头后面,"就是这里。"

"你说她把玻璃都吞下去了?"

"正确。沙希老师泼完了硫酸,便在岩石上摔碎了瓶子,然后把碎玻璃生吞了下去。沙希老师狼吞虎咽的吃相想必牛汁老师还记忆犹新。以她的胃口,吞下一个玻璃瓶子还不是小菜一碟。"

"这和胃口有什么关系。她又不是街上要把式卖艺的,干吞玻璃怎么可能吞得下去?"

"你说的也对，"肋满面得意地笑道，"所以沙希老师事先割掉了自己的舌头。"

这句话让牛男突然感觉嗓子眼酸痒难耐。

向艾丽口中张望时的那种刺骨的寒意，又从脚底直冲天灵盖。

嘴里失去了舌头，艾丽仿佛就化身为一只奇形异状的怪物。口腔前部还是上下两排牙齿，后面赫然便是一个像钟乳洞一样血红的空洞。除了正当中的悬雍垂，这个"洞穴"再没有分毫遮蔽。如果在这张嘴里插上一个漏斗，丢一颗糖豆进去，怕是会径直掉进胃里。

玻璃不是被艾丽吞下去的，是掉下去的。

"……简直是发了疯了。她把舌头割下来就是为了干这个？"

"可能她就是这么想的吧。而且死法越残忍，自杀的嫌疑就越小。如此说来，这还真算得上是一举两得。"

"也不知道她这么干是精还是傻。"

"这才叫作杀人狂呀。不过现在可以高枕无忧了。反正凶手已经死了。"

"是啊，看来真是这婆娘杀的人。"牛男心情复杂地挠挠头，"只要别再复活就好。"

"我想沙希老师应该不会复活了。有很多种自杀方式都可以用来伪装成他杀。但如果她觉得自己能够复活，那么她一定不会选择全身泼硫酸，或者是狠心割掉舌头之类的方式。"

"说得也是。"

牛男感到自己僵硬的肩膀放松了下来。他惊讶地发现，性命无虞的感觉居然如此美妙。

尽管艾丽就是杀人凶手的事实让他大为震撼，但是多多少少也算合情合理。艾丽能够在电光石火之间，通过蛛丝马迹，看穿在便利店停车场袭击牛男的那个男人的真实目的，也能够为了小说创作下海成为应召女郎并且荣登花魁之位。以她这样的洞察力和行动力，杀死四名作家还不是易如反掌。

"牛汁老师，我肚子饿了。我们去吃饭吧。"

"好吧，庆祝我们死而复生。"

牛男晃了晃脑袋，摆脱那些胡思乱想，振奋精神打开门。

然而就在此时，他的脖子挨了迅猛的一击。

"好疼。"

牛男仰面倒地。

后脑勺的钉子磕在了地板上，发出沉闷的响声。

他抬起头，发现一把刀插在自己的脖子上。

"怎么可能。"

只见一人站在门外，是齐加年。

★

"咣当"。

瓢泼大雨之中传来了重重的关门声。

时钟指向两点二十分。好像有人离开了房间。不知是耐不住深夜独处的寂寞，还是溜出房间别有所图——

坐在椅子上的真坂齐加年挺直腰杆。倘若四人当中有人心怀不轨，自己无论如何也不会让他得逞。

齐加年身为一名麻醉医生，每年要参与一百二十多场手术。让患者失去意识是他的本职工作，松弛肌肉、停止呼吸对他来说同样是驾轻就熟。患者从被打上麻药的那一刻起，他们的生命就毫无防备地交付在齐加年的手上。

这份能力的代价便是巨大的责任。大多数人只能胆战心惊却又无可奈何地等待死亡的降临。但是医生不一样。他们肩负着直面死亡、战胜死亡的责任。这既是能者的特权，也是他们的使命。而《重生脑髓》之所以得到医者广泛的共鸣，就是因为它生动刻画了这种坚定的信念。

自己的使命并不会因为身处一个远离医院的海岛而有所改变。既然眼下无法返回陆地，那么自己就掌管着其他四名作家的生死。绝不允许有人背着自己偷偷夺去他们的性命。

齐加年打开房门，小心向外观察。只见其余四人全部紧闭房门，走廊里空无一人。

他竖起耳朵屏息谛听，忽然隔壁的隔壁房门开了，面色苍白的沙希探出头来。

"刚才是什么动静？"

"应该是有人出门了。"

"谁呀？干吗出门？"

"不知道。"

齐加年尽可能让自己的声音保持镇静。沙希皱着眉头，露出几分不安的神情。

受邀而来的作家总共只有五个人。只需确认一下留在房间里的几个人的身份，真相自然水落石出。

齐加年穿过走廊，敲了敲斜对面的房门。

"谁、谁啊？"

里面传来乌冬战战兢兢的声音。

无人逝去

"我是齐加年，沙希老师也在。方便开一下门吗？"

几秒钟后，门把手传来了拆除电线的声音。房门闪出一道缝，露出了乌冬惊慌的面孔。

"刚才开门的——应该不是你吧？"

"我一直待在这间屋子里。出什么事了吗？"

沙希说明原委，乌冬紧张兮兮地走出房门。

"还剩下肋老师和牛汁老师吧。"

齐加年敲了敲乌冬隔壁的房门。无人应答。透过房门下面的缝隙，可以隐约看到些许光亮。

"这是肋老师的房间吧。是不是已经睡了？"

乌冬嘴上还故作镇定。

齐加年又敲了敲门，然后拧了拧门把手。

"吱呀——"

门开了，肋却不知所终。

看来他并没有用接在插座上的电线来固定门把手。床上毛毯凌乱，人应该是已经上过床了。行李箱敞开扔在地上，里面是几件花里胡哨的衣服。

"人不在这里。他跑哪儿去了？"

"但愿不是被吓破了胆跳海去了。"

"毕竟他是个外强中干的草包。"沙希揪着胭脂色的夹克衫苦笑着说道，"去找找看？"

"会不会是多心了。说不定他是肚子饿了去厨房了呢？"

乌冬装模作样地摸了摸肚子。

齐加年回到走廊，目光落在最后一扇门上。

"怪事，我们这么大动静，那个好说风凉话的家伙居然一声不吭。"

沙希也有同感。她一脸诧异地敲敲牛男的房门。

"店——牛汁老师，你还活着吗？"

鸦雀无声，唯有雨声在走廊上回荡。

"这个时候还装死？"

转动门把手，门应声而开。

风雨愈骤。窗帘在残缺的窗户外随风飘荡。想来是劲风掩上了房门。

"这是怎么了？"

沙希膝盖一弯瘫倒在地。

只见牛汁头部被钉了一根钉子，瘫坐在鲜血淋漓的椅子上。

齐加年抓起牛汁的手腕确认脉搏。

"死了。"

"这还用说，脑袋都被钉穿了。"

乌冬拼命挤出一丝笑容。

"店长，怎么会这样——"

沙希扑向牛男。

"慢着，最好先不要触碰尸体。"

齐加年双手按住沙希肩头。沙希不解地瞪着齐加年。

"你干什么呀，难道你是给条子打前站的？"

齐加年的目光落在地板上。床下有一个仰面朝天的扎比人偶。额头也像牛汁一样被铁钉刺穿。

"当然也可能是我多虑了，但我始终觉得，我们之所以被召集到这座岛上，多半与奔拇族凶案脱不开干系。对于大批奔拇族人死

无人逝去

于非命的真相至今众说纷纭，不过其中有一种说法是细菌感染导致的败血症。所以最好还是别碰尸体。"

齐加年冷静地说道。沙希点点头，像是在思考齐加年的话，然后深深地叹了一口气。

乌冬捡起扎比人偶，拔掉扎在头上的钉子，扔到了墙角。

"不能这样干等着肋老师把我们干掉，得想个办法啊。"

"打住，你说那家伙是凶手？"

"显而易见呀。不然的话肋老师为什么逃走了？"

乌冬脸上带着几分轻蔑地注视着沙希。

"咱们去工作室看看吧。"

齐加年说罢，另外两人却支支吾吾。

"……为什么要去工作室？"

"肋昨天不是说过了嘛，他要在那里防备凶手袭击。"

"要是我们在半路上被凶手袭击了可怎么办？还是待在房间里比较安全。"

齐加年指着地上的电线说道：

"牛汁用电线固定住了房门，可还是被杀了。我们的房间也不安全。"

"如果凶手就在工作室呢？"

"那时候就只能逃命了，不过至少能够搞清楚凶手的真实身份。"

乌冬手撑着墙，低头不语。雨点从残破的窗户落入屋内。

"好吧，走，去工作室。"

沙希抬起头说道。

手电筒的光线射向石阶底部，那里是泥泞不堪的沙滩。

浪涛声、落雨声，还有山崖上的雨水飞流直下的声音汇聚在一起，吞没了三人的脚步声。他们深一脚浅一脚地蹚着泥水前行，抵达工作室下面的时候已经是汗流浃背。

"我上去看看。"

齐加年戴上手套爬上梯子。乌冬和沙希抬头望着他，心里为他捏着一把汗。

齐加年探头钻进地板的洞口，工作室中伸手不见五指，只有水滴顺着雨衣袖子滑落地板的声音。他站起身，抓住天花板垂下来的灯绳，拉亮了灯。

"哎呀！"

齐加年一屁股坐在地上。

只见圆木堆砌的墙边，横躺着一个被蜡油封盖的人。

"你不是口口声声说工作室安全，你看，这是怎么回事？"

乌冬嘲讽着齐加年，抱着脑袋靠在墙上。沙希面如死灰，在房间里转来转去。挂钟指向三点，钟楼的报时声却被淹没在了雨声当中。

"对不起，是我想得太简单了。"

齐加年手扶着墙，垂头丧气地说道。工作室地板角落的蜡块中显现的面容，与肋相差无几。蜡块旁边的地上还有一个被埋在蜡油之中的扎比人偶。

"完蛋了，在哪儿都是死路一条。"

乌冬像小孩子似的哭叫着，然而就在此时，沙希一把推开乌冬的肩膀，把架子上的刻刀拿在手中。

无人逝去

"两位，对不住了。"

"……沙希老师，你这是？"

乌冬疑惑地看着沙希。

"出去！"

沙希把刻刀对准另外两人。

"你别误会，我不是凶手。"

齐加年努力让自己的声音保持冷静。

"我也不知道谁是凶手。"沙希攥紧刻刀，"但是这座岛上只有五个人。已经有两个被杀了，凶手就在剩下的三个人当中。既然我不是凶手，那么凶手就是你们俩其中一个。"

乌冬听罢一惊，上下打量着齐加年和沙希。沙希说得没错。

"我再说一遍，从这里出去！"

沙希挥舞刻刀。汗珠从她额头上渗了出来。

"你冷静一点儿，一个人在这里太危险了。我们不能丢下你不管。"

"齐、齐加年老师说得对啊，单独行动正中凶手下怀。我们还是一起回天城馆吧。"

乌冬说罢一个劲地喘着粗气。

夜空中寒光一闪，刹那间响起滚滚雷鸣。

沙希叹了一口气，攥着刀的手垂了下去，刀顺势掉落地面。

"好吧，我相信你们。"

冒着劈面打来的暴风骤雨，三人沿着石阶回到了天城馆。

河流水位暴涨，甚至淹没了台阶。俯瞰沙滩，那停泊在浅滩上的游艇犹如一具怪物的尸骸。

乌冬和沙希一言不发地走在齐加年后面。齐加年心中暗暗盘算，乌冬虽然胆小如鼠，但好歹也是一个推理作家。此人十有八九就是真凶。

当然，也不能因为沙希是女流之辈就对她掉以轻心。别看她外表柔弱，实则性情刚烈，装聋作哑更是她的拿手戏。齐加年提防着身后两人，脚下加快了步伐。

天城馆恍若废墟般一片死寂。在吊灯的光线下，立柱上的挂钟投下长长的影子。忽然"咔嚓"一声，指针指向了三点半。

"接下来怎么办？"

齐加年拉开雨衣的拉链问道。

"我要回房间。"

乌冬没有看他，说罢便一溜烟地跑向住宿楼。不知道是信不过齐加年，还是心怀鬼胎。

"我、我也回屋去了。"

沙希紧跟在乌冬后面，沿着走廊跑走了。

突然，花窗玻璃外电光骤亮，只听得一声地动山摇一般的巨响。应该是雷落在了附近。

这雷可千万别引起火灾。齐加年跑上楼梯，从二楼走廊的窗户向沙滩那边张望。透过瓢泼大雨，工作室的铁皮屋顶依稀可见。

他眺望着苍茫的夜空，脑海里忽然闪过牛男被钉子穿透的脸。

事到如今，他也无计可施了。就任由事情继续发展吧，不论凶手是谁，真相很快就会浮出水面。

又一道闪电划破长空，一声惊雷如影随形。齐加年不由自主地松开窗框向后退去。

然而就在此时，不知什么东西击中了他的后脑勺。

无人逝去

"——欸？"

就在他扭过头去的瞬间，鼻尖又吃了重重一击。

不可能，怎么会轮到我任人宰割？

我可是曾经从死神手中拯救了不计其数的生命的齐加年，凭什么要这样眼睁睁地丧命于此？

不，是我错了，我是在自欺欺人。

那些自己未能挽救的生命，从心底发出了汹涌的呐喊。为了保护自尊心，我自我包装，自己欺骗自己。区区一个麻醉医生，何谈与死亡抗争。没能拯救晴夏就是明证。

九年前，齐加年曾在从学会回家的电车上偶遇晴夏。晴夏握着吊环，妆容比往日精致许多。正当齐加年犹豫着要不要上前打声招呼，电车抵达了兄埼站，晴夏下了车，向车站西口走去，那里有一家他们经常出入的情人旅馆。

很早以前，齐加年就发觉晴夏和别的男人不明不白。然而那个时候他没能向晴夏一问究竟。他没有勇气去面对那种现实。

如果当时自己能够透彻地了解她，进而发自真心地接纳她，那么也许就能察觉到她的不安，保护她免遭榎本桶的侵害。当自己做好了去了解所爱之人的准备，但却为时已晚。

齐加年的意识又被拉回到了现实。

剧烈的疼痛让他浑身无力，软绵绵地瘫倒在地。头顶撞在了栏杆上，发出沉闷的声响。

齐加年在肝肠寸断一般的折磨之中闭上了眼睛。

惨剧（三）

无人逝去

"——不对，不疼。"

牛男握住插在脖子里的刀。但是任凭他怎么用力都拔不下来，可能是卡在肌肉中间了。

"肋，过来帮忙。"

"你还好吧？终归是被刀子捅了一下啊。"肋察看伤口说道。

"谁让老子是不死之身呢，钉子扎在脑袋上还不都是小意思。"

牛男戏谑地说着，肋伸手帮忙拔刀，脸上惊魂未定的神情仍未退去。他先是直直地向外拔，但是刀子纹丝不动。肋只得左右摇晃刀子把伤口扩大，这才拔了出来。刀尖上沾满了发黄的液体。

"真像童话故事里的一棵大芜菁①。"

"现在可不是开玩笑的时候。"

的确。

正待牛男要坐起身子，齐加年的餐刀劈面而来。牛男慌忙把手中的刀向前刺出。两下刀尖相击，发出刺耳的摩擦声。

"喂，混账大夫，你想干什么？"

---

① 俄罗斯童话故事，大意是一位老爷爷种出了一棵巨大的芜菁，他自己拔不出来，后来在老奶奶、小孙子、狗、猫的帮助下，大家齐心协力，最终拔出了芜菁。——译注

牛男厉声喝道。齐加年攥着刀，盯着牛男。脸上还粘着脏兮兮的泥巴，额头上的伤口已经结痂了。

"别演戏了。你们想要用装死的招数来蒙骗大家，然后趁机杀死我。"

又是老一套。牛男心说自己这张脸长得就这么像杀人犯吗？

"老实告诉你，要你命的人不是我。"

"你这个厚颜无耻之徒。你和肋都还活着，这难道不是铁证如山？"

"你弄错了。喏，你看这里。"

牛男冲着齐加年亮出脖子上的伤口。

"你见谁被刀子捅了还能活蹦乱跳。我们哪里是装死，是真的死了。"

刀子从齐加年手中滑落。他的嘴唇微微颤抖。

"没道理啊，这不可能。"

"接受不了也是很正常。你再看我这里。"

牛男撩开前额的头发，露出穿透额头的钉子。

"开什么玩笑，你这是在'唐吉诃德'①买的玩具吧。"

齐加年像诊断病情一样把手伸向牛男的额头。肋咬着嘴唇憋着笑。就在触碰到牛男的一瞬间，齐加年的手指就像是被火烫了一下似的缩了回来。

"怎么这么凉？"

"因为我已经死了呀。"

---

① 日本折扣连锁百货商店。——译注

无人逝去

"不好意思。"

齐加年满是泥巴的手摸上了两人的胸口。

"把手拿开，恶不恶心啊。"

"没有心跳。你们俩是怎么活下来的？"

"可能你还没发现，其实你也已经死了。"

齐加年惊呆了，大约两秒钟之后，他像一只梳毛的猫一样不停摩挲自己的脸和胳膊。

"怎么会这样，心跳怎么停了。"

"过一会儿你就习惯了。咱还是先去食堂喝一杯吧。"

"你先别说话。"

齐加年把手放在嘴唇上，在走廊里转来转去，嘴里颠三倒四地说着什么。与几分钟前挥舞刀子的时候判若两人。

"别瞎琢磨了。先喝酒去吧，今天可是复活节。"

"你们两位的身体有没有什么不适？"

齐加年停下脚步，用医生的口吻问道。

"那当然是浑身都不对劲，毕竟是死了嘛。"

"我不是这个意思。我问的是有没有流鼻涕、嗓子疼之类的症状。"

"都没有。你自己要是觉得哪里不舒服你就说呗。"

牛男对着满是裂痕的镜子上下打量自己，然而除了面无血色，并没有什么异常。

"脑袋有点儿昏昏沉沉，除此以外和活着的时候没什么差别。"

"我也是。也没有什么不舒服。"

"伤口疼吗？"齐加年加快了语速。

"不疼啊。我都快忘了脑袋上还扎着一根钉子了。"

"我也一样。说来也是奇怪，天这么热人也不出汗，皮肤倒是不觉得晒得慌。"

"我明白了。这与无痛无汗症的部分症状十分相似，一旦患上这种疾病，将无法及时察觉身体所受到的外伤，常常在不经意间演变为重症。"

"咱们又没啥事。毕竟被钉子扎了都死不了。"

"问题就在这里。我们还不清楚自己是如何维持生命的。你们俩能不能脱光衣服，躺在那张床上让我检查一下？"

齐加年的要求不禁让牛男联想到了同性恋主题的黄色录像。

"现在知道我为什么讨厌大夫了吧。这帮家伙从来就不把人当人。"

"我在说正经事。"齐加年冷着脸，严肃地对牛男说道，"你们没有意识到问题的严重性。眼下我们的身体就好比是一把在空中飞行的扫帚。它既不是气球也不是飞机，我们完全不明白它悬浮在空中的原理。如果对这种上不着天下不着地的状态不闻不问，等到出现问题或是一头栽下地来，那可就来不及了。"

齐加年的几句话说得掷地有声。而牛男既然死而复生，也确实不想再去那鬼门关走一遭了。

"喂，肋，刚才可是老子把你从蜡油里刨出来的啊。"

"原来你在这儿算计我呢。"

"少废话，不然我再给你浇上一身蜡油！"

牛男一声怒喝，肋虽然嘴里嘟嘟囔囔，但是单用一只右手就灵巧地脱下了上身的家居服。裤子仍然是湿漉漉的，上面是之前失禁时弄上的小便。他的皮肤肿胀，虽然没有艾丽那么严重，但是看上去也肿得不轻。

肋躺到床上，身上只剩绷带、睡裤和狗牌。齐加年跨在肋的身上，四处摸着。肋仰望天花板，发出一声叹息。当齐加年摸到肋的小肚子的时候，他的手忽然停了下来。

"这里是怎么回事？"

齐加年拽下肋的裤子，把耳朵凑近肋的两腿之间。

"是膀胱炎吗？"

"是脉搏。"齐加年的表情像是见了鬼似的，"心脏在这里。"

牛男摸了摸自己的小肚子。果然在毛发边缘一带的皮肤下方，有"砰、砰"的震动感。小腹隆起，像肠梗阻一样。

"难道心脏挪到小肚子了？"

"不是。是肚子里有东西。"

有东西？牛男和肋面面相觑。

"外星人？"

"可能是虫子。寄生虫在体内模仿心脏，代替宿主进行体液循环。"

"寄生虫？"牛男下意识地啐了一口唾沫，"屁大的虫子还能干这种好事？"

"只有解剖之后才能最终确定，但是目前这是最可信的一种可能。寄生虫的拿手好戏就是改造宿主的身体。缩头鱼虱会钻进鱼的嘴巴，吸食鱼的舌头，尔后取而代之与鱼共生。藤壶为了传宗接代，会寄生在雄性螃蟹的身上，然后在宿主的身上产卵。某种吸虫会寄生在蝌蚪身上，干扰宿主的生长发育，蝌蚪变成青蛙之后会长出很多条畸形腿。而对于寄生在我们身上的虫子来说，模仿心脏，让宿主存活下去，它们便能从中获利。"

"这下好了，要靠虫子续命了。"

牛男重新审视着镜中的自己。胸膛里的心脏已经停止工作，肚子里的心脏取代了它，驱动着整个身体。这真是咄咄怪事。

"稍等一下。牛汁老师可是连脑子都被破坏了。寄生虫总不能让大脑和心脏全都恢复正常吧？"

"我推测是寄生虫的寄生促进了人体内细胞再生。人体内有一种细胞叫干细胞，这种细胞可以分化为各种各样的细胞。通常脑梗死患者的脑部不能复原，并不是因为神经细胞无法再生，而是因为再生的神经细胞无法移动到受损部位。而这种寄生虫可以让干细胞在体内循环，从而修复损伤的器官。"

听到这里，牛男不由得回想起九年前在意大利餐厅，晴夏也说过类似的话。

"那么我们为什么会丧失痛觉？"

"应该是寄生虫为了让宿主适应身体的变化，刻意切断了感觉神经。它们很可能已经在我们的骨骼和肌肉上产了卵。"

齐加年此言一出，牛男两人都为之一惊。说不定什么时候那些幼虫就会钻破自己的肚皮。

牛男忽然想起他被凶手袭击之后，意识迷离的时候看到的情景。自己身处虚空之中，嘴里长出了一条像虫子似的胳膊。或许那时牛男已经察觉到了体内发生的变化，对自己肉体即将四分五裂的结局出于本能地感到恐惧。

"真希望你说的是假的。"

"症状就在眼前，不信也得信。这种寄生虫的生存策略，就是要用各种手段保证宿主存活。

"一旦宿主死亡时间太久，尸体严重腐烂，只怕脏器就很难修复再生了。牛汁，你还记得自己遇害和复活的时间吗？"

无人逝去

　　齐加年眼睛看着挂钟问道。此时时针恰好指向下午四点。尖塔的钟声也随即敲响。

　　"我想想啊。凶手给我头顶狠狠来那一下子的时候是晚上十一点半。当时我听到了脚步声，起来看了一眼表。"

　　"复活的时间呢？"

　　"上午十一点半吧。我看表的时候还在想自己错过了早饭。"

　　"这么说，你复活大约用了十二个小时。肋是什么情况？"

　　"我是零点被那张奇怪的字条骗了出去，到达工作室的时候已经是零点四十五分了。我估计自己被杀的时间差不多是零点五十。"

　　"什么时候复活的？"

　　"这个……我就不清楚了。"肋转了转眼珠，"刚活过来的那会儿脑子一团糨糊。"

　　"是下午一点。在你苏醒之前，我正好听见了自己复活之后钟楼的第二次报时。我醒过来的时候是十一点半，那么第一次报时就是十二点，第二次的话就是一点。"

　　"明白了。这么说肋也是经过十二个小时苏醒过来的。我是在工作室发现肋的尸体之后，和另外两人返回了天城馆，当时是三点半。随后我听见打雷，就在我走上楼梯想要看一看外面天气的时候被人袭击了。时间大约是三点三十五分。复活是在下午三点四十分。我睁开眼的时候刚好看见门厅的挂钟，应该没问题。"

　　"这么算来，咱们三个复活都用了十二个小时。"

　　"是这样的。看来这种寄生虫改造宿主的身体需要半天时间。"

　　齐加年低头看着肋的肚子，表情复杂地点了点头。

　　"但是我们三人为什么会感染同一种寄生虫呢？"

　　躺在床上的肋歪头思忖。

"说不好，也许是这一片岛屿上特有的寄生虫吧。"

"我明白了！"

牛男举手说道。齐加年皱起眉头，怀疑地看着牛男。

"牛汁，我说的可不是什么超自然现象。"

"那是当然，你不是想知道咱们仨为什么会好巧不巧地被同一种虫子寄生吗？只要找出咱们的共同点，答案还不就一目了然。"

"共同点？"

"咱们都和晴夏干过那事。寄生虫就是她传染给咱们的。"

足足两秒钟，齐加年目瞪口呆，但很快他又换上了一副高高在上的表情。

"幼稚可笑。我看你是在花柳病上栽过跟头吧？"

"闭嘴，听我说完。之前那次我差点儿把晴夏给弄死了。晴夏从床上摔下去的时候，镜子的碎片插进了她的脖子。但她没有死。她脑袋都快掉下来了，伤口滴答着脓水一样的液体，可是表情却像什么事都没有似的，还缠着我要再干一次。其实，那家伙不是没有死，而是早就已经死了。"

牛男对自己的话有着十足的把握。如今回想起来，那时候的晴夏就像人偶一样冰冷。

"可是晴夏后来被卡车轧死了呀。如果牛汁老师说的是对的，那为什么被轧死之后她没有复活呢？"

"那是因为她的下半身被轧碎了。当时晴夏的尸体被拖行了二十来米，从肚子往下都惨不忍睹。估计肚子里的寄生虫也都被轧烂了。"

"我明白了。齐加年老师，你怎么看？"

肋把话头引向齐加年。

"尽管没有医学根据，但是听上去可信度很高。"

齐加年干脆利索地予以肯定。

"原来是这样，虫子是被晴夏传染的啊。"

肋半信半疑地说着，摸了摸孕妇一样的肚子。

"本以为自己是不死之身，结果却就这么稀里糊涂地死了。想必也是死不瞑目啊。"

"但是晴夏为什么会携带那种虫子呢？"

肋突然停下手问道。

"我也是瞎琢磨的。可能是从哪个土著民族传染的吧。那女人不是被强迫着和各种土著人发生关系嘛。"

"哇，有道理哎——"

"我明白了！这就是奔拇族人大规模死亡的原因！"

齐加年猛然起身叫道。他眉间的肌肉不停抽动。

"你的意思是晴夏屠杀了奔拇族？"

"不是，野生动物才是导致奔拇族大规模死亡的直接原因。不过，这些奔拇族人虽然大多命丧于鳄鱼、野狗的尖牙利爪之下，但是有一点难以解释，那就是他们既然能够在两千四百年间与大自然和谐共处，又为什么会落得这般下场？"

齐加年口若悬河时的模样，有几分秋山雨的影子。

"九十年代之后，奔拇岛人口加速外流，原住民数量急剧减少。根据殖民地时代的调查资料记载，奔拇岛上生活着的原住民有八千人，而在秋山教授的著作中，他们的数量锐减至两百人左右。"

"他们延续着以族长'达达'为领袖的社会等级制度。'达达'在奔拇语中代表父亲。而且达达不是世袭制，而是每三年举行一次集体会议，推选出公认最勇敢的那名族人担任达达。"

"这我早就知道了。达达可以跟部族当中的女人们胡搞。真是男人梦寐以求的生活啊。"

"在接触和我们不同的文化时，不能照搬我们的常识，也不应该对他人的文化妄加评判。奔拇族虽然禁止婚前性行为，但是达达是唯一的特例，他可以与岛上所有的女性发生关系，并以此来维系族长的权威。"

齐加年说话时一副 NHK 新闻评论员的派头。

"那这些风俗习惯和奔拇族人大规模死亡又有什么关系？"

"每逢达达选举之日临近，奔拇族的青年男子们便会去猎杀野狗、鳄鱼、鲨鱼之类的猛兽来彰显自己勇武过人。奔拇族几近灭族的那一年，同样是要选举达达。"

"你是说这种自我表现的狩猎行为愈演愈烈，最终导致了众多男性丧生？"

"这确实是一种很有说服力的观点，但是秋山雨教授对此表示怀疑。奔拇族可不是白活了两千四百年。即便是为了达达选举，他们也会在狩猎之前做好充分的准备，量力而行地挑选猎物，绝不会去干徒手搏熊之类的傻事。

"但如果奔拇族人事先感染了这种寄生虫，那么情况又将如何？感染者的心脏会停止跳动，但是半天时间之后他们又死而复生。而且复活以后即便是被咬住喉咙也丝毫不觉得疼痛。于是那些青年男子误以为自己获得了永生。为了夺取达达的宝座，他们跨越了底线。

"然而就像晴夏一样，这些感染者并非不死之身。当宿主肚子里的寄生虫被野兽吃掉，宿主本人即告死亡。那些男人对此一无所知，他们利欲熏心，狩猎时鲁莽行事，最终一个个丢掉了性命，而

无人逝去

只有那些没有机会感染寄生虫的老人和孩子得以幸存。"

齐加年连珠炮似的说完，由于过于亢奋，禁不住咳嗽起来。

"我有一个问题。如果牛汁老师的推测是对的，那么这就是一种通过性传播的寄生虫。可是既然当时奔拇族是禁止婚前性行为的，那么寄生虫是怎么在这两百人中飞速传播开来的呢？"

"这确实让人摸不着头脑。或许还有其他传播途径吧。"

"不对不对，哪儿来的其他途径。"牛男放开他那破锣嗓子叫道，"这不是还有一个色迷心窍的族长嘛。"

"没错，达达与诸多女性保持着肉体关系，但是这也无法解释为什么寄生虫会传染给其他男性。"

"你是缺心眼吧。我来给你说道说道。我和晴夏只有过那么一次，然后我就被传染了，可见这种寄生虫的传染性极强。我们假设这两百个人里面有一个倒霉蛋和晴夏干过那事。那么这个携带寄生虫的家伙回家和他老婆一搞，他老婆不也就成了携带者了嘛。等达达临幸这家，自然也就被传染了。之后达达在部落的女人们那里逛上一圈，女人们便一个接一个地染上寄生虫，然后她们又一个接一个地传染给自家老公，男人们也都变成了寄生虫携带者。这样一来不论男女，每个人身上都是虫子。"

"说得没错。只要奔拇族有这么一个达达，性病迟早是要扩散开来的。"

齐加年长叹一声。

贺茂川书店茂木的声音忽然悠悠荡荡地出现在牛男的脑海中。

九年前，被卡车碾轧的晴夏临死时曾惨叫着"给我水"。当从茂木那里得知这一情形的时候，他还以为是某种几近夷灭奔拇族全族的东西夺走了晴夏的生命。

如今想来恰恰相反。不是奔拇族害死了晴夏，而是晴夏祸害了奔拇族。

"我们一定要小心，不能重蹈奔拇族的覆辙。我们虽然复活了，但并不是不死之身。"

肋摸着肚脐的周围说道，齐加年的脸色却突然变得煞白。

"忘了一件大事。我到底是被谁杀的？不是你俩吗？"

"当然不是了。你被杀的时候，我和肋早就死了。"

"那究竟是谁？"

齐加年摸着额头上的疮痂。牛男看了看肋，说道：

"说来话长了，咱们边吃边聊吧。"

大盘子摆着热气腾腾的肉块，个头比肯德基的炸鸡还要大。沙拉、热三明治、蛋包饭、奶油汤，餐桌上的美食琳琅满目，真是名副其实的"复活节"大餐。仅凭一只右手就能做出满满一桌美味佳肴，肋的厨艺确实非比寻常。

牛男正要从冰箱拿一罐啤酒，齐加年忽然按住冰箱门说道：

"等一下，不能喝酒。"

齐加年已经擦掉了泥巴，额头也缠上了绷带，容貌基本恢复如初。

"老子长得像未成年人吗？"

"我刚才说得很清楚了。我们的身体已被寄生虫改造过了。寄生虫未必能分解酒精。"

牛男想起三个小时之前自己也这么教育过肋。

"那就试试看呗。不让喝酒，活着还有什么意思。"

牛男拉开拉环，把啤酒灌进嘴里，顿时一股清爽的苦味穿过嗓子。爽啊。

"就是你这号人导致医疗费节节攀升。"

齐加年用医生的口吻讽刺道。

下午四点五十分，饿了一天的三个人吃完了饭。一个脑袋被钉子刺穿的男人，一个皮肤肿胀的男人，还有一个头破血流的男人，一同围坐在餐桌旁，这幅情景俨然是一幕粗制滥造的喜剧情景。他们看到碗中的汤是一个斜面，这才又想起自己身处一栋倾斜的洋房之中。

"说说吧，杀死我们的人究竟是谁？"

趁着牛男心情不错，齐加年擦擦嘴问道。桌子上摆着几个空啤酒罐。

"名侦探，你来告诉他吧。"

牛男拍了拍肋的屁股。肋一边抽着烟，一边向齐加年解释艾丽就是杀死他们的真凶。

"大可放心。就算沙希老师是凶手，也不必担心她会死而复生。"

肋垂头丧气地嘟囔道。齐加年费解地捂着额头上的绷带。

"你怎么知道她不会复活？"

"咱们几个不是跟晴夏发生关系的时候被感染的寄生虫吗？可是沙希老师又没有咱们男人的家什，哪怕她和晴夏有不正当关系，她也没办法感染寄生虫。"

一时间食堂里鸦雀无声。齐加年则是目瞪口呆，鼻子轻哼一声，说道：

"女性同性恋者的唾液等体液接触，也会传染性病。寄生虫传播也是同样道理。看来咱们国家的性教育还落后了十年啊。"

"这样都可以啊。不过也没关系。以她那种死法，就算有可能，可能性也微乎其微。"

肋依然是没精打采，而齐加年仍是一脸不解。

"我也觉得肋说得对。那家伙把自己烧成了一摊烂肉，舌头都割掉了。怎么可能再复活啊——不对！"

酒精突然从牛男的脑回路里退了下去。

曾在工作室下方沙滩上目睹的艾丽的尸体，浮现在了他的脑海之中。他忽然萌生了一个疑问。

"怎么了？肚子又饿了？"

肋傻里傻气地眨眨眼。

"我问你啊。你也透过木架子看见了沙希的尸体。那家伙的上身倚着岩石，血从侧腹部流出来，然后直接流向了她的后背，对不对？"

"没错。可是这又怎么了？"

"你的推理结论是这样的：沙希先割掉了舌头，然后从工作室来到了沙滩，给自己泼上了硫酸。之后她打碎了瓶子，顺着喉咙把玻璃碎片吞了下去。"

"是这样的。"

"如果你是沙希，换作你来生吞碎玻璃，你会用什么姿势？"

"那应该是这样的。"肋挺直后背，仰起头张大嘴，"嘎吱嘎吱，咕咚。"

"这就对了。食道是一条嗓子直通肚子的通道，要把物体从嗓子送进肚子，就要保持上半身直立，至少也要是斜向上的姿态。

"可是，沙希尸体侧腹部流出来的血是直接流向了后背。如果她是靠着岩石泼的硫酸，那么在重力的影响下，血应该斜向下流向屁股。也就是说，沙希在泼硫酸的时候，她是平躺在地面上的。"

肋张着嘴，似乎是想要反驳，但最终没说什么。牛男也不知道自己究竟想要说什么。

"但是，仰面朝天的姿势她又无法把玻璃吞下肚子，而且奄奄一息的沙希也不可能仅凭自己的力量咽下那些玻璃。沙希是以平躺在沙滩上的状态被泼上了硫酸，等她止血之后，凶手再将她靠在了岩石上面。"

肋双臂交叉，像是在掩饰自己沮丧的神情，幽幽地说道：

"可是，牛汁老师，即便这个诡计被识破了，沙希老师就是真凶这件事也是板上钉钉了。毕竟从扎比人偶来看，活到最后的那人也只能是沙希老师。"

"我插一句吧。"齐加年忽然开口说道，"很遗憾，你的逻辑存在根本错误。"

"齐加年老师居然也这么说。为、为什么啊？"

肋的表情就像一个叛逆期的孩子。

"我们来梳理一下你的推理。牛汁、乌冬还有我的被害现场都有相同之处。在牛汁遇害的房间里，扎比人偶头上的钉子被人拔掉了。在乌冬被杀的浴室里，浴缸里的扎比人偶被人拿了出来。在我遇袭的二楼走廊，扎比人偶被人挪到了走廊的角落。这些现象都表明除了凶手之外，另有他人动过现场。事实上我曾亲眼看到乌冬拔掉了扎比人偶头上的钉子。而有人动过现场，说明这个人死后还有人活着，换句话说，就是这个人不是第五名死者。"

"那么疑点在哪儿？"肋歪着头问道。

"逻辑是很通顺。但是，我们还能够从这些痕迹中获取另一个信息——被害现场的扎比人偶被某人动过，就意味着这个人既不是第五名死者，也不是第四名死者。当第四个人死亡，这时就只剩下凶手一个人了。因此他也就没必要再去弄坏第四个人偶，然后再处心积虑地把它摆成第四具尸体的模样。"

"啊，原来如此。"肋翻着眼睛，"我懂了。"

"现场被人动过的有牛汁、乌冬和我，我们不是第四名或第五名死者。换句话说，我们是前三个被害者，第四、第五名死者应该是肋和沙希。

"但是怪事出现了。我、乌冬和沙希明明亲眼看见了肋的尸体。他不可能死在我和乌冬之后。"

"哎呀，的确如此。"肋不停地挠着头，"我的推理究竟错在哪里？"

"你是按照被害顺序进行的推理，这种推理没有错。如果非要说哪里错了，那就是你没有考虑到尸体会动。"

"啥？"肋眨巴眨巴眼睛，"你什么意思？"

"你先别急，我已经知道真凶是谁了。"

齐加年清了清嗓子，坐直了身子。

"……不对吧，尸体怎么会动？"

"那可未必。医院太平间里的尸体会动的故事常有耳闻。在尸僵结束之后，僵直的手脚会磕碰在床上。而其中最常发生这类情况的便是溺亡的尸体。"

"溺亡的尸体？你是说乌冬老师？"

"是的。当然，我的意思并不是乌冬的尸体把扎比人偶从浴缸里拿出来又扔到瓷砖地上。

"我们假设乌冬是先服毒再自沉浴缸。如果他是淹死的，那么空气排出体外，他应该沉入水中，但如果是毒物引发的中毒而亡，那么他的肺部应该还有空气，人就会漂浮在水面之上。

"当时扎比人偶就在尸体上面，就像是坐着一个救生圈，尸体不会马上下沉，但是尸体肺部的空气会慢慢排出，最终浮力无法负担尸体的重量，尸体沉入浴缸底部。而且煤气加热浴缸的深度大于普通浴缸，因此尸体基本全身都浸泡在水中。

"但是扎比人偶不会下沉，因为泥人内部也有空气，尸体沉入水中之后的一段时间内，泥人还存在浮力，直到泥巴溶解，空气排空，泥人才会下沉。

"尸体沉入缸底，占据了一定的体积，从而抬升了浴缸的水位。扎比人偶则伴随水面一起上浮，从浴缸的边缘掉落在了瓷砖地上。这就是为什么浴室的地面上会有一个溶化了一半的扎比人偶。"

"你说得不对。"牛男不依不饶地拔高嗓门叫道，"我复活之后立马就看到了那个浴缸，当时乌冬还在水面上漂着。浴缸的水位也没有那么高啊。"

"这正是乌冬的目的。沉入水中的尸体会因为腐烂产生气体，重新浮出水面。尸体在水下的体积减少了，浴缸的水位自然也就下降了。像他那样的彪形大汉，对水位造成的影响非常明显。乌冬其人虽然死在了浴缸之中，但却制造出了旁人移动扎比人偶的效果。"

"哦哟，原来如此。"肋赞叹道，"这个诡计设计真是绝妙。"

"如果想要让这个设计顺利实现，就必须让尸体尽快腐烂。倘若有人在尸体上浮之前复活，那么将会功败垂成。

"因此，最重要的一点就是要提高温度。那间浴室应该是由客房改造而成，既没有换气扇，房门也没有缝隙。而凶手之所以要打碎玻璃窗，就是为了让室外的热浪和潮气进入浴室。浴室恰好朝向河流，又紧闭房门，所以狭小的房间里很快便如同蒸笼一般。当然，我估计浴缸里也是事先放好的温水。"

牛男想起他发现乌冬尸体的时候，浴缸里的水确实是温乎乎的。

"那么他先把扎比人偶泡进浴缸，等溶化之后扔到地上，最后再自杀不就好了吗？何必这么麻烦。"

"不可以。这个诡计设计的关键，就是要把遇害现场伪装成被人动过的样子，洗脱自己是最后一名死者的嫌疑。如果他慢慢悠悠地溶化扎比人偶，那么他的死亡时间就会明显晚于其他四名死者。单单他一人复活得这么慢，仅这一点就显得格外可疑。"

"对、对，说得有道理。"

"综上所述，只有我和牛汁两人的被害现场被人动过，并且我们俩在前三名被害人之中。而我又亲眼看到了肋的尸体，因此可以确定肋死在我之前。因此前三名被害人就是我、牛汁和肋。这样就剩下乌冬和沙希了。而根据牛汁刚才的分析，沙希是被他人泼了硫酸。因此结论只有一个：乌冬先杀死了我们，然后沉缸自尽。真相就是如此。"

齐加年平静地说着，然后把刀叉摆在餐盘上。

"我有一个问题。我刚复活的时候，听见有小动物跑动，还听见什么东西'扑通'一声掉进海里。我觉得那是凶手扔东西的声音，这一点怎么解释？"

"显然和凶手没有关系。乌冬的尸体腐烂产生气体需要时间，在你苏醒的时候，他不可能还活着。

"你说你复活的时候，浴室的门窗、更衣室的门，还有你房间的门窗都是开着的。但是浴室的门应该事先被凶手关好了，因此这些门很可能都是被顺着窗户进来的风给刮开了。

163

无人逝去

"这样一来，两侧窗户中间就形成了一个风口。在风力作用下，房门刮擦地毯，发出像小动物窜来窜去似的声音。而你听到的'扑通'声，则是水珠从浴室天花板上掉落下来的声音。这个声音和海边传来的海浪声交织在一起，因而听起来像是有东西落入了海中。"

"唔——看来确实是我的推理出了岔子。"肋失望地抱着胳膊，"喂，咱们要不要去看看沙希老师？要是她复活之后被卡在木头架子和悬崖中间出不来，那岂不是太惨了。"

"乌冬才是我们要解决的首要问题。他的尸体就那么晾在那里，万一复活了，天知道他会干出什么事。"

"对啊，确实。"

肋从椅子上一跃而起，一把握住餐刀。又要提心吊胆地提防凶手了。牛男不由得烦躁起来。

"被虫子寄生的人大约需要十二个小时才能复活。乌冬是在三点半以后杀死了我，然后在工作室杀害了沙希，最后返回天城馆自杀。这一连串动作最快也要差不多一个小时。"

"也就是说他是在四点半自杀的。"

三人一同抬头看向挂钟。表针指向五点二十五分。

"可能他已经复活了。"肋带着哭腔说道。

"那要看乌冬的动作快不快了。他很可能还在浴缸里泡着。"

"来吧，咱们去把他肚子里的虫子捣个稀巴烂。"

牛男站起身来，一只手拎着刀子。

"不能杀他。用麻绳把他捆起来就行了。"

齐加年的语气又像哄孩子似的。这些大夫真是招人烦。

"你这小子开什么玩笑，那家伙可是个连环杀人狂啊。"

"这还用你说吗？好不容易捡回一条命，你难道想在监狱里过你的后半辈子吗？"

牛男背过身去，吐了吐舌头。现在和齐加年争辩毫无意义。他已经打定主意了，一旦势头不对，就用刀子剖开乌冬的肚子。

"OK，我带这个就是防身用的。咱们快去看看吧。"

牛男把刀插进衣兜，转动了食堂的门把手。

牛男屏住呼吸，蹑手蹑脚地走出了门。肋和齐加年紧随其后。这两个人都是徒有嘴上功夫的胆小鼠辈。

与之前孤身一人四下搜寻幸存者的时候相比，此时的牛男更加沉着了。这主要得益于他大致弄清了自己的遭遇。尽管如此，当他经过壁炉和橱柜的时候依然是禁不住瑟瑟发抖，生怕从暗处窜出什么怪物。

门厅比起一个小时之前愈显昏暗。肋按下墙上的开关，球形的电灯毫无反应。似乎是灯泡坏了。

齐加年从置物柜里拿出一捆麻绳。看样子他真的想生擒乌冬。

三人沿着走廊来到了住宿楼的浴室门口。这是牛男今天第三次经过这里。他没有脱鞋，直接走进更衣室，向里面的浴室张望。

"——什么？"

只一眼，牛男便发现了室内的变化。地上的扎比人偶不翼而飞，瓷砖地上只剩下一片泥人形状的印迹。

"这是怎么回事？"

肋偏头问道。泥人又不可能自己跑了，一定是有人动过。然而如果黏糊糊、水淋淋的泥人真的被拿出了浴室，那么为什么更衣室和走廊里并没有留下泥点？因此，扎比人偶只能在那个地方。

牛男迈步走进浴室，仔细察看浴缸。几乎溢出边缘的水面上漂

无人逝去

浮着一个泥块。表面坑坑洼洼，能看出这是泥人的头。浴缸就像一条肮脏的污水沟。

"乌冬尸体在哪儿？"

"不见了。看来他已经复活了。"

齐加年猛然回头看去。走廊里空无一人。

肋躲在牛男背后，偷偷观察浴缸。

"啊呀？"

肋的声音都变调了。

"怎么了？"

"水，是不是比刚才多了？"

另外两人顿时汗毛倒竖。

浴缸里的水位确实比两个小时之前高出不少。如果乌冬不在里面，那么按理来说，水位应该下降。

忽然，水面冒出了气泡，发出"咕嘟咕嘟"的声音。

肋一声惨叫，两腿一软瘫倒在地。

泥水不停翻涌，就像间歇喷涌的泉水，最后一个巨型的肉团跃出水面。皱巴巴的皮肤和泡得鼓胀的肌肉中间，露出了一双漆黑的眼睛，死死地盯着牛男。是乌冬。

"吃我一招！"

乌冬像一条拖把似的甩着一身的泥水，抡起一个玻璃洗发水瓶子砸将过来。

天灵盖吃了一记暴击。

牛男整个人像泄了气的皮球一般，握在手中的刀子也落在了瓷砖地上。

★

四堂乌冬从床上坐起身，静静地听着雨声。

时钟的指针指向五点二十分。窗外晨光熹微，暴雨却没有停歇的迹象。

他一边抚摸着脸颊上的穿环一边环视房间。门把手用电线牢牢固定。镶住的窗户无法开启，厕所和衣柜里也没有人藏身其中。只要闭门不出，应该就无须担心会遭人袭击。

尽管乌冬明白，这个状态大可以高枕无忧，但他心里仍旧打鼓。他拽了拽电线，确认门被拴牢了。

乌冬的母亲经营着一家面向底层劳动者的鞋店，他也是在穷街陋巷度过了自己的童年时光，而他一路走来，之所以既没有进过少管所也没有蹲过班房，全凭一条处世之道——小心驶得万年船。

——来，给你好东西吃。

六岁那年，一个老人在路旁叫住乌冬。虽然这个俯身看着乌冬的老人牙齿残缺不全，模样有些古怪，但是脸上挂着慈祥的笑容。

乌冬被老人带进了路边的一栋破房子。随后乌冬便落入了一群像流浪狗一样散发着恶臭的老人们手中，他们给乌冬喂下了无数的鼻涕虫。这群老人是在打赌，看一个小孩子的肚子里能装下多少条鼻涕虫。那天以后，乌冬只要看见光溜溜的生物，就会全身冒汗，感到一阵阵的反胃。

为了避免再遭劫难。无论是工作、娱乐还是人际交往，乌冬只要察觉到丝毫危险便会逃之夭夭。他因此平安长大，不但能够自食其力，而且热爱推理小说的他还实现了出版一部推理作品的梦想。

此时此刻，被钉子扎穿头部的牛汁出现在他的脑海中。牛汁

无人逝去

同样是用电线固定了门把手，但可能是被凶手的花言巧语骗开门了吧。乌冬回想刚才自己被齐加年和沙希叫开了门，他们俩若是凶手，自己早就没命了。绝对不能重蹈覆辙。

乌冬看向房门，发现电线松了。这样凶手从外面用力拉门，就能拉开一道缝隙。倘若凶手伸进手来解开电线，自己就只有死路一条了。

乌冬正要重新捆好电线，忽然发现树脂材料的电线上有一道裂痕。可能是自己出于紧张，反复拉拽电线所造成的。这下危险了。

他在房间里转了一圈，也没能找到电线的替代品。门厅的置物柜里倒是有麻绳，但如果在去主楼的路上被凶手袭击了，那岂不是自投罗网。难道自己只能老老实实地待在屋子里了吗——

乌冬抱着脑袋紧闭双眼，眼前浮现出晴夏的面庞。

他和晴夏初次相遇，是在成为作家的两年之后。畅谈《银河红鲱鱼》读后感的晴夏，让他第一次坠入爱河。他神魂颠倒地对晴夏吐露真心，尔后又相处了半年便定下婚约，度过了一段自己这种出身的人终其一生都求之不得的幸福时光。

然而梦终有破碎的那一天。晴夏遭到一个男人拳脚相向，随后又惨死在卡车轮下。

乌冬陷入深深的自责之中。

自己为什么没能保护晴夏？因为自己一贯逃避，从不直面危险。如果自己能够多听一听晴夏的倾诉，鼓励她与榎本桶断绝往来，或许她就不会死了。

东躲西藏解决不了任何问题，必须要面对内心的恐惧。

乌冬下定决心，他解开电线，缓缓地推开门。然后轻手轻脚地来到走廊。走廊里并没有人。

他穿过走廊来到主楼。门厅灯光熄灭，微弱的阳光穿过雨幕照射在地板上。

他正要跑向置物柜，忽然发现脚下的地毯上有污渍。是一摊红黑色的血迹。有人受伤了？

他抬头向上看去，这一看差点儿让他的心脏停止跳动。

只见齐加年的头耷拉在二楼走廊的栏杆空隙外面。

面部血肉模糊。

齐加年被干掉了。凶手可能就在附近。

乌冬跌跌撞撞地逃离门厅。沿着走廊向住宿楼狂奔。

他先看见了位于走廊前端的更衣室门。那里应该有还没用过的胶皮管。用管子固定门把手，然后就可以踏踏实实地躲在屋子里了。

乌冬上气不接下气地跑进更衣室。果然，篮子里有一条五米长的胶皮管。就是这个。

"哎呀。"

他手忙脚乱地拿起胶皮管，结果脚下一歪，身体失去平衡，头顶撞在了镜子上面，随即响起一阵玻璃碎裂的声音。

"好疼！"

一时间头也疼脚踝也疼。但是自己的叫声要是让凶手听见，那可就糟糕了。必须要赶快返回房间。

乌冬用手撑地，抬起头来，然而正在此时，他突然被定在了原地。

走廊上，一个满身眼球的怪物正低头盯着他。

不！我不想死！

乌冬屁滚尿流地钻进浴室，关上了门。

无人逝去

他一边用后背顶住门，一边环视四周。唯一的办法就是打破窗户逃出去。

然而就在他一咬牙松开门把手的那一刻——

"啊呀！"

他的身体遭受重重一击，失去了意识。

惨剧（四）

无人逝去

"呜哇!"

乌冬满身泥水,跨在牛男身上,用玻璃洗发水瓶子抽打着牛男的脸。牛男听到脑袋发出类似木板迸裂的声音。因为感觉不到疼痛,这种感觉就像是在看第一视角的性虐录像。

"对不起!"

耳畔传来肋的叫声,然而脚步声却渐渐远去。看来他们已经逃走了。这两个混账搭档。

"去死吧,去死吧!"

乌冬连咳带喘,眼泪汪汪地不停挥舞着洗发水瓶子。看他那样子是想置牛男于死地,但是击打的目标又不是肚子。看来他对寄生虫还一无所知。

"喂,别打了!"

牛男拼命喊叫,乌冬却充耳不闻。黏稠的鼻血倒流进了嗓子里面。虽然寄生虫可保性命无忧,但如果头盖骨被敲碎了,后果恐怕也是非同小可。

牛男用力挺腰,想要摆脱乌冬的控制,可是乌冬被水泡涨了的身体像灌了铅似的纹丝不动。被压在身下的牛男视野受限,也不知道刀子掉到哪里去了。胳膊在地上一通乱摸,最后也没有找到。

"看啊,我也做得到!"

乌冬一下接一下地击打着牛男的脸。

就这样吧。牛男不再挣扎，懒洋洋地松开了双手。虽然死在这种人手中有些不甘心，但是所幸临死前没有痛苦。

就在这时，牛男左手指尖突然触碰到一个软塌塌的东西。那是家居服鼓鼓囊囊的口袋。他把手伸进口袋摸了摸里面的东西，手上是一种陌生而奇妙的感觉。

他把那个东西拿到眼前，原来是在沙滩捡到的舌头。

"妈呀！"

乌冬突然像弹簧似的一蹦三尺高。看样子他把舌头当成海参了。他向后一仰，一步踩空，大头朝下栽进了浴缸。

牛男翻身而起，捡起刀子捅向浴缸。他的脸上还扎着洗发水瓶的碎片，伤口处黄色的液体滴滴答答地落在地上。

乌冬的头钻出泥水，像金鱼一样鼓着腮帮子喘气。

"对、对不起。放过我吧——"

乌冬苦着脸叫道，顺着唇边吐出一个硅质小块。这个小物件落入浴缸，溅起水花。那是穿环的卡扣。这个卡扣应该就是六小时前牛男刚发现乌冬尸体的时候，从乌冬嘴里掉出来的那一个。

"闭嘴！站起来，露出肚子！"

乌冬直起腰，可是刚一看见那条舌头，他又一声惨叫，摔了个倒栽葱。头顶磕在浴缸上，发出沉闷的声响。

牛男忽然心生疑问。眼前这家伙错把舌头当成了海参。一个正常人，几乎不可能见到过割下来的舌头，看岔眼也在情理之中。

但是根据齐加年的推理，这个人杀死了艾丽。既然是他亲手割下了艾丽的舌头，又怎么会把舌头错看成海参？

"喂，别装了。你小子就是杀死我们的凶手吧？"

牛男把舌头放回口袋，用刀子抵住乌冬的前胸。乌冬还不知道心脏已经换了位置，吓得牙齿一个劲地打战。

"不、不是我。不是牛汁老师你干的吗？"

乌冬肥硕的脸止不住地哆嗦。这帮家伙有一个算一个，都把牛男当成凶手。

"还给我装？凶手就是你！"

牛男简要讲述了齐加年的推理。当乌冬听说自己已经死了，眼睛不由得瞪得溜圆，不过依然保持安静，听牛男讲完。

"……被杀害的四个人依次复活？真是难以置信。"

"我问是不是你小子干的？"

牛男把刀尖顶在乌冬肚子上，乌冬背靠着破碎的玻璃窗，泥水顺着他的下体流淌下来。

"我真不是凶手。因为我的尸体是脸朝下的。"

乌冬哭着说道。

乌冬的尸体确实是俯卧姿势。牛男还记得当时露在水面上的是乌冬的后背和屁股。

"有区别吗？"

"当然有，如果按照齐加年老师的分析，我死的时候应该是仰面朝天。"

乌冬说话时的表情就像一只被蛇盯上的青蛙。

"为什么？"

"齐加年老师的推理是这样的：我是中毒而死，而非淹死。死亡的时候，身体中残留的空气让我浮在水面，几个小时过后空气耗尽，我便沉入浴缸。之后浴缸水位上升，扎比人偶掉在瓷砖地上。"

"没错。有什么问题？"

"这个诡计设计想要顺利实现，我有两件事非做不可。第一件是要在临死前把扎比人偶放在身上。第二件是不能被淹死——也就是死之前都不能喝水。"

"确实如此。"

牛男点点头。假如乌冬是淹死的，那么他的身体会直接沉入浴缸，无法再移动扎比人偶。

"如果我在临死前是仰面朝天，自然可以轻而易举地完成这两件事。我只需浮在水面，把扎比人偶放在肚子上，然后等待毒性发作。

"但是如果脸朝下的话，那可就麻烦多了。不仅要保持身体平衡，以防后背上的扎比人偶落入水中，而且等待毒性发作的过程还要仰着脑袋，不能让自己喝水。"

难度的确很大。牛男又点点头，慢悠悠地舔了舔嘴唇。

"你的意思我明白。但是按照齐加年的说法，就算是尸体也能够自行移动。你是先用脸朝上的姿势自杀，沉底腐烂之后在气体的作用下翻了个身。"

"这话说的。"乌冬甩着脸上的泥水，"这也太离谱了吧。"

"省省吧，少在这儿糊弄我。"

牛男说着举起了手中的刀，乌冬像守门员似的赶紧伸出双手。

"慢着慢着！我能证明自己是一直脸朝下的。你看。"

乌冬捞起漂浮在浴缸里的硅质穿环卡扣。泥水吧嗒吧嗒地落入浴缸。

"什么意思？"

"这是我脸上穿环的卡扣。这种穿环是从外侧把卡针刺入脸颊，然后用卡扣从嘴里固定。如果穿环脱落，那么卡扣就会留在嘴里。这不刚才它就从我的嘴里掉出来了嘛。

无人逝去

"假设牛汁老师你说的是对的，我是保持脸朝上的姿势死的，那么我沉入水中之后，卡扣就会直接从我嘴里浮出水面。而实际情况是卡扣就在我的嘴里，这说明从我死亡到我复活这段时间，我一直是趴在水里的。"

乌冬这几句话说得铿锵有力，肩膀上的肉也随之抖了三抖。

原来是这么回事。乌冬说得有道理。既然乌冬是脸朝下死的，那么利用尸变让扎比人偶掉出浴缸的诡计设计就不攻自破了。如此说来，在乌冬身亡之后，另有他人从浴缸里捞出扎比人偶，将其扔在了瓷砖地上。因此乌冬并不是最后一名死者——换句话说，他不是杀害牛男等人的凶手。

"还真不是你干的啊。"

牛男耸耸肩，把刀子放回衣兜。

"你能明白真是太好了。你的脸还好吗？"

乌冬似乎很抱歉。

玻璃碎片还扎在牛男脸上。看上去想要拔出来的话要费些力气。

"这又是一棵芜菁吗？唉，怎么总是我。"

牛男长叹一声。

夕阳西下，天空中的流云有如丝丝缕缕的棉絮。

牛男、肋、齐加年、乌冬四人前往沙滩察看艾丽的情况。

牛男头上缠着绷带，走起路来上身一摇三晃。亚热带特有的黏腻潮热的空气让他感觉很不舒服。如果自己还活着，这会儿肯定是满身大汗。

当牛男向另外两人解释了事情的经过，之前一溜烟逃离浴室的肋赶忙向乌冬赔好话，说什么"乌冬老师一看就不像凶手"。齐加年依然对乌冬持怀疑态度，但也只是阴着脸默然不语，似乎还没有找到乌冬的破绽。

乌冬则把身上的泥水冲洗干净，换了一套家居服。他的皮肤鼓胀，犹如一个成了精的汉堡。穿环在他满是肥肉的脸上晃来晃去，看样子他把掉在浴缸底部的穿环都捡了回来。不知道是不是因为他患有口腔炎，下石阶的时候他的舌头不停地在嘴里捣鼓。

"你怎么了，闪着舌头了？"

"没有没有，就是感觉有点儿不对劲。"乌冬伸出舌头，"你看我舌头上有什么东西吗？"

牛男凑近乌冬的嘴巴，一股下水道一样的恶臭扑鼻而来。在乌冬厚厚的舌苔下面，舌头的表皮上有一块像是指甲抓挠出来的伤痕。

"舌头破了。你是不是被杀的时候咬到了舌头？"

"有可能吧。看来我的寄生虫有点儿粗心大意啊。"

乌冬嘴里嘟囔着，磕磕绊绊地踏过河滩上的浮萍。

下午六点。众人伴随钟声抵达了工作室下方。那只海鸟还在拼命扑向木架。看来它还觊觎着艾丽的肉。

"那只鸟在干什么？"

"这还不显而易见！这鸟也是个好色之徒。一分钱不花，就想对头牌小姐动手动脚，真是不知深浅。"

牛男挥舞刀子，海鸟像是愤愤不平似的在众人头顶盘旋几圈，随后飞向了大海。

"沙希老师还没复活。"

肋脸贴着木头架子上说道。牛男站在肋的身后，也看向艾丽所在的地方。艾丽依然倚着岩石，张着大嘴望向半空。

"太惨了。"

乌冬俯视着尸体小声说道。

"千万要小心。沙希老师可是杀害咱们的凶手。"

肋突然插嘴。这小子还来劲了。

"你不用把这个摆谱的家伙当回事。"

"你这是什么意思？沙希老师就是凶手！"肋提高了嗓门，"被这种寄生虫寄生了的宿主会在死后十二个小时复活。咱们四个都活过来了，沙希老师却还是死亡状态。由此可见，沙希老师铁定是最后一名死者，就是她杀死了我们。"

"也有可能沙希没有被虫子寄生。她不过是死亡之后无法复活罢了。"

"那也没区别。咱们几个复活的顺序依次是牛汁老师、我、齐加年老师、乌冬老师。如果死后复活所需的时间是一定的，那么咱们遇害也是这个顺序。咱们四个人当中，最有可能是第五名死者的人，是乌冬老师。"

"但是乌冬老师的被害现场被人动过。也就是说乌冬老师并不是最后一名死者。所以凶手就是沙希老师。"

"之前不是证实过了嘛，生吞玻璃的方法根本行不通。如果沙希是在这里自杀的，那么装硫酸的瓶子去哪儿了？"

"这个——"

肋一时语塞，像驴一样呼扇着鼻翼。

"抱歉，打断一下。"

牛男转身一看，乌冬正小心翼翼地举着手。

"你尿急吗？"

"我刚才琢磨了一下你们二位所说的话。我想，或许最后存活的那个人也未必是杀死我们的凶手。"

牛男、肋、齐加年三个人的表情都像迎面吃了一个黄鼠狼放的臭屁。

"说什么胡话。死人能杀人吗？"

"为什么不能？我，还有你们，大家都是死人，不还是走来走去的吗？"

乌冬尖着嗓子叫道。肋露出苦笑，齐加年则尴尬地清了清嗓子。

"这还用说嘛。刚才肋不是说过了吗？寄生虫的宿主要复活的话，需要差不多十二个小时。我是第一个死的，复活是在今天的十一点半。那个时候你们四个人都已经被杀死了。想要复活之后再去杀人，时间根本来不及。"

"这一点我明白，我说的不是这个意思。"乌冬像不知从何说起似的，眼睛四下打量，忽然他的目光落在了牛男的运动鞋上。"牛汁老师，你现在穿的这双鞋和昨天相比，感觉有没有什么不同？"

鞋？

牛男不知道乌冬想要说什么。他向后翘起脚，把鞋底朝向乌冬。

"感觉不怎么舒服。毕竟鞋底扎了一根钉子。"

"不只是钉子。鞋带的系法是不是也和昨天不一样？"

经乌冬提醒，牛男发现确实如此。自己系得歪歪扭扭，像死蜻蜓一样的绳结，不知道为什么变得既整齐又漂亮。乌冬真不愧是鞋店出身。

"你到底想说什么？凶手和我的鞋带有什么关系？"

无人逝去

"当然有关系。凶手杀死牛汁老师之后，解开鞋带又重新系上。那么他为什么要这么做？解开他人鞋带的唯一目的，就是要脱掉鞋子。凶手也是如此，他脱下了牛汁老师的鞋，然后换上了自己的运动鞋。"

"为什么呢？"肋歪头思索，"是因为踩到呕吐物了吗？"

"因为鞋底扎上了钉子。这是凶手在给牛汁老师和扎比人偶钉钉子的时候不小心踩到的。他当然可以把钉子一拔了之，但是穿着有洞的鞋子就等同于把'凶手'二字写在脸上。虽然他的计划是将其余四人赶尽杀绝，但是他应该也知道死者有可能死而复生，因此继续穿着这双鞋是有风险的。而且事先准备的运动鞋只有五双，他无法暗中调换。所以，他才会换上牛汁老师的运动鞋。"

多亏牛男系鞋带水平太差，这才留下了凶手换鞋的证据。也算是歪打正着了。

"稍等一下，"肋低声说道，"这就不对了呀。"

"你也发现了吧。牛汁老师是第一位受害者。这就说明那个连续杀害四个人的凶手，在第一次动手的时候脚部就受了重伤。一个普通人如果被钉子扎破了脚，连走直线都费劲，至于袭击早有防备的人，做出爬工作室的梯子之类的动作，更是绝难实现。

"那么凶手是怎样做到了常人所做不到的事情呢？这便是因为凶手丧失了痛觉。凶手在抵达这座岛的时候，就已经死了。"

这句话犹如晴天霹雳，整个世界仿佛都摇摇欲坠。

先前亲眼所见的那一幕幕场景，刹那间被光怪陆离的色彩所覆盖。

牛男等人抵达条岛的时候，不对，是众人在码头碰面的时候，死者就已经混入其中了。

"——这个假扮活人的死人，是谁？"

齐加年颤颤巍巍地问道。肋则用力咽了一口唾沫。

"反正不是我。我是凶手的话，还用换什么鞋子？"

牛男翘起脚跟说道。

"不，也不好说。"牛男话音未落，乌冬又紧接着说道，"这种可能也是有的。牛汁老师在沙滩上踩上了漂浮的碎铁片，碎片贯穿鞋底，扎进了牛汁老师的脚。但是由于牛汁老师已经死了，所以没有感觉。

"后来发现碎片的牛汁老师非常紧张，害怕因此暴露自己是一个死人。然而只是把破铁片丢掉并不能解决问题，鞋底依然有一个窟窿。于是牛汁老师便拔出碎片，把铁钉插在了同一个位置。因为复活之后鞋底踩上一根钉子，要比踩着一块碎铁片显得更为合情合理。而牛汁老师之所以要解开鞋带重新穿鞋，是因为碎片扎得太深，如果不脱鞋的话根本拔不出来。"

"老子办事才不会这么磨叽。"

"当然，这只是一种可能。"乌冬摩挲着穿环，似乎是想让自己平静下来，"凶手的身份已经呼之欲出了。你们还记不记得临行前一天我们住宿的港口宾馆的那个不灵敏的自动门？"

"自动门？"

肋和牛男异口同声地叫道。连环凶杀案和自动门有什么关系？

"自动门感应器种类繁多，而那扇门是体温感应门，夏天的话门会变得迟钝。因为人的体温与气温十分接近，感应装置无法准确识别人类。

"前天早上，最后离开宾馆的人是齐加年老师。我、牛汁老师、肋老师、沙希老师四个人都亲眼看见齐加年老师走出了宾馆。自动

无人逝去

门正常开启，齐加年老师很顺利地走了出来。说明当时齐加年老师是有体温的——也就是说他还活着。"

"你分析得没错。"齐加年赞许地点点头。

"寄生虫的宿主死而复生差不多需要十二个小时。从我们登上了游艇，到上岛后屠杀开始，齐加年不可能在这段时间内完成从死亡到复活的过程。他在被凶手杀死之前，一直都是活人。因此他不是凶手。"

乌冬停顿片刻，似乎是要喘口气。

"肋老师也是如此。游艇和鲸鱼相撞时，肋老师摔下床弄断了左臂。齐加年老师拉开灯后，大家都看到当时肋老师在地上疼得龇牙咧嘴。而肋老师的胳膊流血则是在工作室被凶手袭击所致。摔下床的时候只是单纯的骨折，并没有外伤。肋老师，你是怎么知道自己骨折了呢？"

"那还用说。"肋很诧异地说道，"因为疼啊。"

"这就是证据。我们复活之后都失去了痛觉。但是肋老师在游艇上的时候还有痛觉。也就是说他当时还活着。"

"哇哦——幸好骨折了。"

肋抚摸着带血的绷带，松了一口气。这样一来，凶手就在剩下的三人之中了——牛男、艾丽和乌冬。

"按照这个说法，乌冬老师也不是凶手。"

肋打了个响指，把手放在乌冬的肩膀上。这话似乎很对乌冬的胃口，他像是鼓励肋继续说下去似的点了点头。

"因为乌冬老师在船上的时候耳朵被划破了，他也感觉到了疼痛。当时船舱里黑灯瞎火，如果不是耳郭被划破了觉得疼，他不可能发现穿环脱落。这可以证明他的痛觉在那时候还是正常的。"

"等一下。"牛男用阴沉的嗓音说道，"这个推理是乌冬的一家之言，不能就这么洗清他的嫌疑。说不定他是早有预谋，故意扯断了穿环。"

"不对，乌冬不是凶手。"齐加年插嘴道。

"为什么？"

"当时乌冬的耳朵流出了红色的血。如果是死人，血液就会变成脓水一样的淡黄色。"

齐加年说得没错。还剩两名嫌疑人。牛男忽然有种不祥的预感。

"其实这一推理也适用于沙希老师。游艇撞上鲸鱼的时候，沙希老师伤到了食指。我看见了她手指上有红色疮痂。"

肋的语气就像是在邀功请赏。

听到这里，牛男沉默不语，心里很不痛快。阵阵涛声响彻耳畔。

"这么说牛汁老师就是凶手了？"

乌冬眼神里夹杂着恐惧和不安。

"放屁，怎么可能是我！"

"那你为什么明明已经死了却假装活着呢？"

肋也问道。对于这种自己都毫无印象的问题，牛男也不知道该作何回答。

"你们听好了，老子根本不在乎你们是死是活，也没那个闲工夫把你们叫到这个南边的岛上玩什么杀人游戏。"

"你说这话没有任何意义呀。我们可都是——证明了自己的清白。"

乌冬说罢，肋点头表示赞同。确实如此。当这二人身陷冤屈的时候，他们都是以理服人，洗脱了自己的嫌疑。

那么牛男又该如何证明自己没有犯下人命案呢？他既没有摔断胳膊，也没有划破耳朵。甚至从上铺坠落的肋砸中他的胳膊的时候，他叫都没有叫过一声。

"如果你不能自证清白，那只有把你关起来了。在救援人员到来之前，就麻烦你先不要动了。这样可以吧？"

齐加年抻开刚才背过来的麻绳，向肋和乌冬使了个眼色。两人同时点头。一看大祸临头便拼命撇清关系，如今事不关己，一个个顿时换上了这副嘴脸。

事到如今，只能拼死一搏了。

牛男从衣兜里掏出艾丽的舌头，左右甩动着伸到乌冬眼前。乌冬像女人一样尖叫起来。牛男随即用胳膊勒住乌冬的脖子，将刀子抵在喉头。

"不想让这头肥猪死的话，就给我滚开。"

牛男放声叫道。乌冬则像一条落水狗似的摇头晃脑地打着摆子。他被水泡得绵软肿胀的皮肤令人作呕。

"你这是白费劲。"肋神色惊疑地问道，"接下来你打算怎么办？"

"就待在工作室不出来了。"

"果然如此。可是牛汁老师，我认为那也没什么意义。"

肋话音未落，乌冬回身一肘，正中牛男腹部。牛男一弯腰，乌冬趁势就要向前跑。慌乱之中，牛男胳膊发力，结果只听"噗"的一声，刀子扎进了乌冬的脖子。喉结的位置被刺出一个窟窿，流出了黄色的液体。然而转过身来的乌冬却像没事人似的。

"可恶。"

牛男拔腿奔向沙滩，然而随即被乌冬撞翻在地。牛男眼前一黑，一头栽倒在地，吃了一嘴的沙子。

"脖子！勒住他的脖子！"

说这话的齐加年一点儿也不像个医生。牛男的脖子和双臂被牢牢按住，身体动弹不得。乌冬用麻绳把牛男的手脚捆了起来。

"喂，我要被什么怪虫吃掉怎么办？"

"放心吧，我们给你吊起来。"

三人一边悄声商量，一边把牛男的身体拖到梯子下面。乌冬爬上梯子，把麻绳挂在头顶的圆木上。

"准备，拉！"

齐加年拉动绳子。伴随着圆木噼里啪啦的声响，牛男的身体一下子被拉到半空之中。背后的家居服都被圆木磨破了。倘若牛男还活着，十有八九会疼昏过去。牛男像一只鸭子似的扑腾着两只脚。

"你们给老子等着！"

"在救援到来之前，你就忍一忍吧。你该感谢我们不杀之恩。"

齐加年扬起下巴说道。

"糊涂啊，真正的凶手在你们当中。"

"可是你刚才还想杀了我呢。"

乌冬指向脖子上的伤口说道。牛男想要还嘴，却又无话可说。捅了人家脖子一刀，再多的辩解也显得苍白无力。

三人脸上露出安心的表情，走上石阶，离开了沙滩。

白色的月亮孤零零地挂在天上。

漂浮在游艇周围的红色沉淀物已经消散。海边阒无一人。阵阵浪涌，让牛男阵阵心悸。

无人逝去

蹦极之后悬在半空中的感觉莫过于此吧。一阵恐惧感涌上心头，牛男感到自己的意识正在溶解，即将汇入大海之中。

"……"

牛男强撑着睁开双眼，让自己清醒起来。

尽管这里不是雪山，不必担心自己在睡梦中被严寒夺去性命，但是他仍旧隐隐不安。他害怕起死回生之后，自己不再是曾经的自己，如果脑子坏了，复活与否又有什么意义。

"咯吱咯吱"，头顶上方突然传来金属摩擦的声音。

牛男胆战心惊地抬起头。只见一只海鸟落在工作室的屋顶上。它低着头，一左一右两只乌黑的眼睛盯着牛男。正是白天刨沙子的那只鸟。

海鸟轻盈地张开翅膀，腾空而起，面无表情地扑向牛男。牛男低下头闭上眼睛。

羽毛沙沙作响。

牛男的身体挨了一记重击。一张尖嘴出现在了他的眼前。

"哇啊！"

黑色的眼珠直勾勾地盯着牛男，像镰刀一样锋利的鸟嘴扎进了牛男面部中央。脑子里的声音就像是有人在翻垃圾袋。不疼，但却让人心惊肉跳。

"滚开，傻鸟！"

鸟爪伸进了牛男的嘴里，抓挠之下，黄色液体四处飞溅。鸟嘴叼起了一块肉。

突然，牛男的身体失去了凭依，短短几秒钟后他便坠落在了沙滩上。应该是海鸟的爪子挠断了麻绳的纤维，绳子无法负担牛男的重量断裂开来。牛男仰面朝天摔在地上，海鸟旋即扑将下来，喙插进了牛男的小腹。糟糕！要是肚子里的寄生虫被它挖出来，这条性命就交代在这里了。

牛男疯狂地挥舞着摆脱了束缚的双手。海鸟则是拉升、俯冲，再拉升、再俯冲，攻击犹如暴风骤雨。牛男用肘部抵住沙滩，翻身向下，这个姿势能够更好地保护腹部。伴随着他翻身的动作，头上的碎肉和液体也噼里啪啦地往下掉。

后脑勺又重重地挨了一下，牛男的脸被按进了沙子里。海鸟不停地啄食着他的头皮。

牛男抬起头，发现铁钉掉在面前。上面沾满了像是痰和血的混合物。这应该就是自己脑袋里的那根钉子。

牛男右手握住铁钉，转过身来对准海鸟刺去。手上传来厚重的感觉。钉尖刺入了海鸟的肚子。海鸟叽叽叫着飞上半空。

"哈哈，去死吧！"

海鸟像一只吸饱了血的蚊子，东倒西歪地消失在了悬崖的另一边。

牛男四仰八叉地躺在地上。月光斜照下来，天城馆响起了七点的钟声。看来自己又捡回了一条命。

他抚摸自己的脸，手指碰到一块硬物。那是皮肉被撕扯后露出的骨头。自己竟然变成了这副鬼样子。

忽然，他听到叹气声。

他偏头一看，有个人正从木架子后面低头瞅着他。

"这也太惨了。银……人还活着吗？"

那人说话时就像一个口齿不清的孩子。

"你说你就不能早活过来五分钟吗？"

牛男抱怨道。艾丽笑了，那颗银牙闪闪发光。

无人逝去

"抱歉抱歉，英雄人物不都是等到紧要关头才出手的嘛。"

★

骤雨犹如瀑布一般。

金凤花沙希睁开眼，发现自己躺在床上。

她感觉自己刚才是睡着了，但是神经似乎又一直是紧绷着。

墙上的时钟指向六点十分。从她发现店长和肋的尸体之后，已经过去了三个小时。

为了将可疑分子拒之门外，她用电线将门把手和床腿捆在了一起。而且窗户是镶死的，因此只要待在这个房间里，就不必担心遭人袭击。然而她心中虽有把握，但是望着阴雨晦冥的窗外，仍不免提心吊胆。

沙希从口袋里掏出口香糖，撕开包装纸放入口中。她觉得自己像在嚼一块胶皮，没有尝出一丝味道。

沙希震惊于自己竟被杀人犯吓得坐立不安。她不敢相信，那个面对任何场合都应对自如的自己，居然会变得如此慌张。

沙希为人城府很深，从来不以真面目示人。她时而是天真烂漫的文学少女，哄得文坛前辈心花怒放；时而是傻白甜的应召女郎，让男人们为之神魂颠倒。

她之所以急于以高中生的身份抛头露面，也是因为这是一条获得读者认可的捷径。毕竟大多数的成年人虽然不爱看小说，但却钟情于热爱文学的少女。

她初入文坛便已经做好了长远打算，一旦作品销量遇冷，就立刻转变文风自我炒作。而之所以接受天城菖蒲的邀请，也是因为在她看来，与天城共度假期势必会给自己未来的作家生涯铺上一条大路。

然而在短短的一周之内，沙希便被彻底揭开了伪装。自从让店长知道了她是一名作家，作家金凤花沙希和应召女郎艾丽——天差地别的两个身份就此合二为一了。而暴露在伪装之下的是一个幼稚、蛮横、热爱小说热爱到无以复加的自己。

现在回想起来，或许是因为店长和沙希之间存在着一种奇妙的缘分。又能在什么地方同时找到两个兼职应召女郎工作的推理作家呢？因而在便利店袭击案的一周之后，同店长一起在能见市奔波的沙希，便吐露了自己真实的一面，即使这一切连她的父母都没有见识过。

"……"

如今连这个店长也遇害身亡了。

作家一个个死于非命，自己已经没有理由再身披伪装。在作家们接连被杀的过程中，自己不可能再继续扮演那种虚妄的身份。她在工作室驱赶齐加年和乌冬，那一刻，她只是一个普普通通、想要活下去的人。

这一切究竟是怎么回事啊……

沙希取下晴夏赠予她的手镯，紧紧地攥在手中。

晴夏是一个表里如一的人。即便她饱受父亲的虐待，即便内心遭受千般折磨，她都不会在沙希面前掩饰任何痛楚。这与在人前总是惺惺作态的沙希截然不同。

她不知道自己是不是爱上了晴夏，但她确信自己想要成为晴夏。

沙希摇摇头，自己和晴夏并没有可比性。

无人逝去

她把手伸向梳妆台的纸巾盒，想要抽一张纸接住嘴里的口香糖，然而就在这时。

"咣、咣。"

有什么东西在不停地撞击窗户。

"晴夏？"

她没有下床，伸手拉开了窗帘。

被雨水打湿的玻璃窗外，是无数个正在盯着她的眼球。

"……！"

她不由自主地想要尖叫，却又叫不出声。

"咣、咣。"

怪物想要闯入房间。

沙希纵身一跃跳下床。手镯也滚落在地。她奔向房门想要解开电线，可是滑溜溜的手指根本使不上劲。她两腿发软，几欲倒地。

"咔吧。"是窗户裂开的声音。

正在绝望之际，电线终于解开了，滑落在了地板上。沙希推开门，一个箭步冲进走廊。

走廊正对面更衣室的门敞开着。

印象中三个小时之前自己经过这里的时候，这扇门是关着的。里间浴室的门竟然也开着，浴缸里若隐若现，好像有什么东西。

沙希向身后看去，似乎怪物还没有进入房间。

她屏住呼吸走进更衣室。浴室的窗户碎了，雨声仿佛近在咫尺。碎裂的镜子映出了她的侧脸。

"呀！"

漂浮在粉色浴缸里的，居然是一个大块头的死人。

沙希被吓得面如土色，她第一反应是这个死人是店长，不过转念一想，店长早已经被杀害了。从肥胖程度来看，能够与店长混淆的只有乌冬。

尸体的皮肤被污水弄得又黑又脏。头发上还粘着泥巴，就像是被人兜头泼上了大粪，显得有几分滑稽可笑。

沙希畏畏缩缩地碰了碰尸体的后背，松弛的皮肤已经凉透了。

一个扎比人偶像是被人塞在了缸壁和尸体中间。这是为了侮辱尸体，还是什么怪力乱神？沙希捞出人偶，横放在浴室地上。

店长、肋，如今就连乌冬都被杀了。幸存者只剩沙希和齐加年。看来那个医生就是把众人骗上条岛的幕后真凶。

如果晴夏遇到这种情况会怎么办？她一定会拼尽全力求生。

齐加年就在附近，必须快点逃走。

沙希正要掉头离开浴室，忽然听到有重物呼啸而来。

"哎呀！"

头顶一阵剧痛。

沙希凝望着布满黑色霉斑的瓷砖地，就这样失去了意识。

★

沙希睁开眼睛，眼前是铁皮屋顶。

旁边是拔地而起的置物架。看来自己躺在工作室的地板上。很可能是齐加年将自己击昏之后又搬到了这里。墙上的挂钟指向七点。

她捂着嘴做了一个深呼吸。手从嘴唇拿开时，她看到指尖沾了血。应该是搬运途中咬到了舌头。

她用胳膊肘撑起身体，发现自己赤裸着上身。家居服被扔在了

无人逝去

工作台下面。

她正要去拿家居服，忽然瞥见怪物从她背后伸过手来。

"住手——"

她的肩膀和腰被同时推了一把，整个人随即坠入空中，地板被抛在身后。

世界像被地面吸了过去。生命就这么轻而易举地灰飞烟灭了。早知道要死在这种地方，不如痛痛快快地活它一场。

当身体重重地坠落沙滩，沙希的意识再次戛然而止。

惨剧（五）

"唉，难以自……置信，可是又不得不信。"

听牛男讲述了事情的经过，艾丽黯然神伤地叹了口气。尽管皮肤被硫酸腐蚀了，但是与牛男相比她的外表依然更胜一筹。她的手掌脏兮兮的，应该是爬木架子的时候弄的。

"你真的相信我？相信我不是凶手？"

"我怎么知道，不过以你的本事，一晚上怎么可能杀掉四个人。"

艾丽露出了讥讽的笑容。这句话也不知是褒是贬。

"你也没看见凶手的脸？"

"唔——记不清了。就记得密密麻麻的一堆眼球。"

"那应该是扎比面具吧。"

"可能是吧。"艾丽点点头。

"但是你的房间不是挨着我的嘛，窗户外面可是悬崖啊。"

"呀，没戳……错。"艾丽把手放在嘴唇上，"难道怪人会飞？"

"会不会是凶手的鬼把戏？他在房顶上用麻绳拴上扎比面具，然后吊在你的窗户外面，目的就是把你从房间里吓跑。"

艾丽眼前浮现出一个在大雨滂沱之中，从屋顶向下吊放扎比面具的怪人。

屋外有现成的梯子，可以很轻松地爬上住宿楼的屋顶。而且屋顶外围有一圈遮雨檐，只要用麻绳绑好，就不用担心面具会意外掉落在地。面具随风摆动，磕碰在窗户上，让艾丽误以为怪人要闯入室内。然后凶手趁艾丽手足无措的时候回到楼内，待艾丽跑出房间再将其击倒。若艾丽没有发现面具，那么凶手很有可能会从隔壁牛男房间找一根棍子敲击艾丽的窗户，将艾丽的注意力吸引到窗外。

"我居然被这么一个小把戏骗得团团转，想想就来气。"

"这不算什么，我们都跟你一样。"

"咱们先回天城馆吧。"

艾丽站起身，拍掉家居服上的沙子。

"等等，你去天城馆干吗？"

"冲个澡啊。我手都脏了，身上也黏糊糊的。"

"你不打算管我了？要是再被海鸟搞一下子，我可就要上那头报到去了。"

"那就一起呀。"

"别逗了，鬼知道齐加年他们会怎么收拾我。"

牛男大吵大嚷，艾丽惊讶地皱了皱眉。

"这么说我还得留下来陪护店长？"

"他们非说我上岛之前就已经死了。我想让你给我作证。"

"嗯——"艾丽歪头仰望夜空，"只要有痛觉，就说明没有问题呗。啊，对了。店长，那一次你还能感觉到疼呢。"

"哪一次？"

牛男不由得坐起身子。他下巴上的肉耷拉下来，就像是在做鬼脸。

"就是在便利店的停车场被脑子有毛病的客户袭击的那次呀。店长，你的脸不是被金属球棒狠狠地揍了一下，然后疼得要命嘛。血也是红色的。"

牛男不觉泄气。那都是什么时候的事情了。

"都过去一个多星期了吧，哪还有什么意义啊。"

"谁说没有。从那天开始直到前天，店长你一直都在上班。咱家店从上午十一点开始接单，做完最后一单一般都得到半夜十二点以后了。店长的休息时间不到十一个小时。偶尔不小心迟到了还会被老板数落一通。照你说的，从死亡到复活需要十二个小时，那么显然店长你不可能死过呀。"

牛男仔细一想，艾丽说得没错。自从三纪夫不在了，牛男连悠闲地死一会儿的工夫都没有了。

"——你要是早点复活就好了，我也不至于被鸟啄得这么惨。"

"谁知道呢。我们四个人的推理各有各的道理，而且总得有一个人是凶手，十有八九最后还是会把你吊起来。"

"那么凶手去哪儿了呢？"

牛男就地一躺。

"咦？"

艾丽弯下腰，从沙滩上捡起牛男的手表。应该是牛男和海鸟搏斗的过程中脱落掉在了沙滩上。似乎是在和海鸟搏斗的途中从手臂上掉下来的。刻在后盖上的"亲爱的大亦牛汁"几个字被沙子划出了划痕。

"怎么了，想要啊？"

"我忽然想到了一件事。"

艾丽低头看着牛男说道。

天城馆形如一片废墟。

流云蔽月，映照出一片苍白。四寂无声，唯有树叶沙沙作响。

艾丽斜着眼睛看了看停放在空地上的木板车，然后走向悬崖边缘。悬垂在住宿楼遮雨檐的蛛丝随风飘荡。

"果然。"

牛男伸长脖子，仰望住宿楼朝向大海的那面墙。窗玻璃被打破的是牛男的房间，窗户上有裂痕的是艾丽的房间。牛男房间的窗户上还有一滴滴的红黑色污迹。

"和你想的一样。"

牛男压低嗓音说道，艾丽点点头，像是在说"那是当然"。

他们返回空地，前往天城馆的门厅。透过食堂的窗户，能看到橙色的灯光。看来另外三人就在里面。

牛男按了按门厅墙壁上的电灯开关，挂在天花板上的球形电灯毫无反应，应该是灯泡坏了。

牛男和艾丽穿过走廊走向住宿楼，换了一身家居服又离开房间。艾丽去了一趟更衣室，再出来时，右手又戴上了那个遗失了一天的手镯。

"走吧。"

两人穿过门厅和走廊，前往食堂。

艾丽门也没敲，径直推开了门。

嘴里叼着烟的肋一屁股坐到了地上。乌冬也霍地一下站起身来，手里攥着刀叉。只有齐加年一动不动，坐在椅子上盯着牛男二人。

"久等啦，我也复活了。"

食堂里一片死一样的寂静。餐桌上的花瓶滚了几滚，摔在了地板上。

"刀子可不能对着我们。我和店……牛汁老师都不是凶手。"

无人逝去

艾丽回头看着牛男说道。看见牛男那张惨不忍睹的脸，乌冬"呕"的一声差点儿吐了出来。

"你们害我差点儿成了海鸟的晚饭。被你们弄得越来越像怪物了。"

牛男扒拉着下巴上的肉说道。

"沙希老师，你上了这个人的当了。就是他杀了我们。"

"我都已经知道了。"

艾丽坐在椅子上，一五一十地讲述了自己如何和牛男一起工作，证明了牛男遇袭之后根本没有充足的时间死而复生。三人听着，脸色渐渐阴沉。

"……如此说来，谁都不是凶手？"

肋爬到椅子上，哆里哆嗦地说道。乌冬也惶惶不安地点了点头。

"我只是说你们的推理全都错了。"

"难道沙希老师已经知道真相了吗？"

"我就是来告诉你们真相的。不过，先不着急。"

艾丽张开没有舌头的嘴，叹了一口气。

"——我肚子饿了，烧鸡还有没有剩？"

"从昨天晚上到今天早晨，我们五个人接连遭到袭击而丧命。然而这座岛上只有五位受邀而来的客人，所有客人都被杀害，凶手却仿佛化成了一缕青烟，消失得无影无踪——至少目前来说是这样的。但是，显然背后还有隐情。那么在这座岛上，究竟发生了什么？"

艾丽不紧不慢地扫视面前的四个人。此前她已经从牛男口中得知了所有人的推理。

"事实上，我们至今还不清楚是谁将我们引上了这座岛。虽然可以想见，那必定是一个与晴夏有着密切关系的人，而且他想要向我们传达某种信息，但是信息到底是什么，我们还不得而知。而接下来我要告诉大家这座岛上究竟发生了什么。

"店长是第一个复活的人。他先后发现了四具尸体，于是便认定有假的尸体混入其中。也就是凶手用另一具尸体假扮自己，制造已经身亡的假象。恰好肋的尸体被蜡油覆盖，面目难以辨认，于是店长便推测肋是凶手。

"这种调包的伎俩本身是可行的，但是现在这种可能性已经被推翻了。我们五个人不仅全员复活，而且像这样面对着面，如果是他人假扮，自然会被当场识破。每个人都是货真价实的。"

众人相互看了看。肋得意地点点头。

"第二个复活的是肋老师。肋老师认为凶手的手法是用自杀来伪装他杀。因而只有最后一名受害者能够做到。那么问题就变成了寻找最后一名受害者。肋老师观察了三具尸体，得出的结论是我是凶手。因为我只需在给自己泼上硫酸之后再吞下玻璃瓶，就可以将尸体伪装成他杀的样子。

"很遗憾，这种可能性也被推翻了。正如店长推理的那样，平躺在沙滩上无法吞下玻璃片。当然，我既没有吞下玻璃，也没有割掉自己的舌头。"

齐加年将轻蔑的目光投向因羞惭而低下头去的肋。

"第三个复活的是齐加年老师。齐加年老师的想法和肋老师一样，认为自杀身亡的第五名死者就是凶手。所以乌冬老师就成了被怀疑的对象。因为他可以利用尸体腐烂的过程，将被害现场的扎比

無人逝去

人偶伪装成被人动过的样子。

"现在来看，这个推理也是错误的。既然乌冬老师比我复活得更早，那么他就必然不是第五名死者。"

齐加年不悦地清了清嗓子。乌冬露出笑意，但随即像要打喷嚏似的用手捂住了脸。

"第四位复活的乌冬老师则完全颠覆了前面三位对凶手的推理。他从店长的运动鞋重新系过的绳结推断凶手是一个不怕铁钉扎脚的人——也就是一个早已身亡、丧失痛觉的人。经过一番验证，他认定店长就是那个上岛之前就已经死亡的人，因此得出了店长就是凶手的结论。

"而刚才我已经解释过了，这个推理也是错误的。自从店长被可疑人员袭击，他就一直忙于工作，根本没有充足的时间死亡十二个小时。"

乌冬的目光躲躲闪闪，似乎是有些发窘。

"这么说来，上岛的时候咱们五个都是活人。"肋按着太阳穴，哼哼唧唧地说道，"那凶手跑哪儿去了？"

"抱歉，刚才我推翻了你们所有人的推理。下面我从头开始解释。就是这个东西让我抓到真相的尾巴。"

艾丽从口袋里拿出牛男的手表，放在了桌子中央。三人坐直身子仔细观察着满是污迹的表盘。

"这是店长的手表。已经不像样子了，沾了血，表盘也裂开了。由于表针指向十一点半，所以我们看到之后的第一反应都是'手表是在店长被杀时弄坏的'，表上的时间就是店长的遇害时间。可是，事实并非如此。"

"哎？为什么？"

"你们看，表盘的裂纹里一丁点血也没有。如果表盘是在店长遇袭时破裂并且溅上了血滴，那么血应该也会渗入裂纹之中。这就说明，从表盘溅上了血到表盘出现裂纹，二者之间存在着一段时间，而且这段时间足够长，以至于表盘上的血都已经干透了。

"那么问题来了，手表是在什么时候停转的？很可能是在受到了足以产生裂纹的强烈撞击的时候。店长遇袭时，墙上的时钟已经指向了十一点半。因此，手表是在沾上了血，而且血迹干透、表盘破裂之后又过了一段时间，才停止了转动。"

肋、齐加年、乌冬三人齐刷刷地凝视着表盘。

"你说得也在理，可是这和凶手有什么关系？"

"别着急，听我说。其实在店长被凶手袭击之前，表盘上就已经沾上了血迹。那么这个血迹从何而来？就来自游艇上乌冬老师被划破的耳朵。当时是晚上八点左右。店长睡在乌冬老师旁边，因此手表沾上了从乌冬老师耳朵流出来的血。

"后来灾难又接踵而至。游艇撞到鲸鱼的时候，肋老师从床上跌落船舱，砸中了睡在下铺的店长。肋老师的手臂骨折了，与此同时店长的手表也停了。就是那个时候表盘出现了裂纹。游艇是在十一点半前后和鲸鱼相撞，也与手表停转的时间相吻合。这个时间距离沾上乌冬老师的血已经过了三个多小时，因此血液并没有渗入裂纹之中。

"按照思路往下走，就会发现另一个诡异的地方。那就是在表盘上的六点刻度周遭有一片同心圆形状的划痕。这是表针划过血液留下的痕迹。但是乌冬老师的耳朵被划破是在晚上八点，肋从床上跌落是在晚上十一点半。从手表沾上血到出现故障停转的这段时间里，时针不可能经过六点这个刻度。但是这样一来不就矛盾了吗？

那么这个同心圆形状的划痕是什么时候造成的呢？"

"难道说——"齐加年双目圆睁。

"没想到吧？事实如此，不信也得信。乌冬老师的穿环脱落是在十五日的晚八点，而游艇与鲸鱼相撞，则是在第二天——十六日的晚上十一点半。咱们五个人以为自己只在船舱里过了一夜，但其实在不知不觉之间，我们度过了一天两夜。

"一般人显然不会像这样被集体催眠。但如果当时船舱里的所有人都已经死了，那这种诡异的现象就说得通了。"

"船舱里的所有人都死了？"乌冬大惊失色，"怎么可能！"

"当然有可能。我认为死因是一氧化碳中毒。用来烤肉丸子的七轮炭炉里的炭火没有完全燃烧，结果产生了一氧化碳。

"我们要睡觉的时候曾闻到通风口有怪味，于是店长便用水包布把它堵住了。船舱内也因此无法充分通风换气。由于一氧化碳是无味的，我们又喝醉了，因而不知不觉地丢掉了性命。

"十五日晚八点，在乌冬老师划破耳朵的时候，大家应该都还活着。随后我们便死掉了。我觉得复活所需的时间或许比大家推测的更长。等我们苏醒过来已经是十六日的晚上，而且我们当中没有一个人意识到已经过去了整整一天一夜。"

"说得没错，燃料确实消耗得比较快。"

齐加年垂头丧气地说道。

"那是因为多消耗了一天的燃料。十六日的时候游艇其实已经偏离了预定航线，而齐加年老师误以为偏离航线的原因是游艇和鲸鱼相撞。

"我们五个人在抵达这座岛的时候就已经死了。登岛之后，并没有发生任何一起真正意义上的杀人案。这就是条岛连环杀人案的

手 表

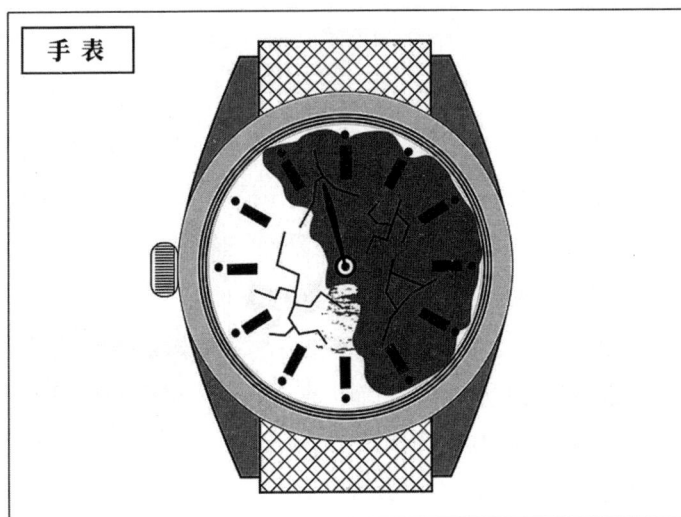

真相。"

又是一阵沉默，时间仿佛都凝固了。

肋、齐加年、乌冬三人，目瞪口呆地望着艾丽的脸。

"那么那个戴着面具的怪人是什么人？"

肋挤出一句话。

"怪人根本就不存在。非要说的话，怪人就是这座岛和这片海。"

"什么？"

三人大惑不解。

"我这可不是信口开河。昨天的暴雨导致河滩泥泞不堪。有些地方连草都被水流卷走了。可是就算雨下得再大，草也不应该被连根拔起。何况亚热带地区三天两头下暴雨，地上的草又为什么偏偏在昨天被卷走了呢？

"在我们复活之前，游艇周围的海水曾被染成了红色。那片红色沉淀其实不是燃料，而是血。有一头巨型生物的尸体堵住了河道。"

"巨型生物？"

"就是鲸鱼。那头和游艇剧烈碰撞的鲸鱼被海流冲上了条岛，一头扎进了河口。

"那么这头鲸鱼跑哪里去了？世界各地都曾发生过鲸鱼尸爆。鲸鱼的尸体腐败，积蓄大量气体，最终引发尸身爆裂。这头鲸鱼也是一样，被炸得七零八落，尸块被潮水卷走，如今应该已经成为海鸟丰盛的晚餐。"

"你说这些干吗？"肋焦急地问道。

"还不明白吗？我在游艇上投掷钉子驱赶鲸鱼的时候，钉子扎在了鲸鱼身上。昨晚十一点半，那头鲸鱼的尸体发生爆炸，爆炸将钉子崩向空中。钉子击碎了店长房间的玻璃，钻进店长的脑袋。店长浑身上下的鲜血其实也是飞溅上来的鲸鱼血。店长房间窗外的墙上还保留着当时的血迹。

"不过当时店长已经死了，铁钉入头对他来说不值一提。因为寄生虫很快就会再生神经细胞。可惜很不巧，钉子扎进脑袋时的冲击力让他失去了意识。于是这就变成了一个遭遇谋杀的现场。"

三人面如死灰，上下打量着牛男。

"爆炸时鲸鱼体内释放出大量甲烷气体，这些气体随风飘向工作室。由于甲烷比空气轻，所以从地板的洞口涌入室内，很快便充满了整间屋子。

"半夜一点，大概是第一次爆炸的一个半小时之后。肋老师被匿名信诱骗到了工作室。至于这封信是谁写的，咱们暂且不提。由于甲烷无色无味，肋并没有察觉到工作室里的异样。而就在他点燃打火机，想要抽支烟消磨时间的时候，火苗点燃甲烷造成了爆炸。爆炸的冲击波把肋老师推到了墙上，人失去了意识，项链也不知去向。

"后来，爆炸产生的火焰烧到了他的身上，缓慢地灼烧着他的皮肤。这样下去他势必连人带虫被活活烧死。然而就在此时，算是不幸中的万幸，蜡像遇热熔化了，熔化后的蜡油将肋全身包裹起来，没有了氧气，火便熄灭了。这就形成了肋被蜡油覆盖的死亡现场。"

肋带着既震惊又有几分后怕的表情，把打火机扔到了餐桌上。

"悲剧仍在继续。鲸鱼堵住河口导致水位暴涨，'撇点'形状的河流便在河道弯曲的地方决口了。汹涌的水流漫天卷地而来，撞

无人逝去

上了住宿楼的墙壁。撞击波及了主楼，导致门厅的吊灯像钟摆一样来回摇晃。而在二楼走廊望着窗外的齐加年老师也因为这次冲击打了一个趔趄，此时那个球形的吊灯恰巧从他头顶划过。齐加年老师虽然幸运地躲过了向他摆动而来的吊灯，但当他重新站定，回摆的球体却正中他的面门。剧烈的撞击击碎了他的额头，头部歪倒在了栏杆的空隙之中。而门厅电灯之所以不亮，也是因为这一撞撞坏了灯泡。"

齐加年没有作声，只是用方才托着腮帮子的手摸了摸绷带。

"这场洪水还制造了另一场悲剧。面朝河流的浴室遭到了洪水的猛烈冲击，水流冲破窗户涌入室内，让乌冬老师失去了意识。脸上的穿环也是在这个时候脱落的。而且浴室里既没有换气扇，门也没有缝隙，整个房间就变成了一个盛满水的浴缸。

"河水是从浴缸底部一点一点排掉的。于是乌冬老师的身体就随着水流进入了浴缸。后来水量逐渐减少，被冲到一旁的胶皮塞子再次堵住了排水口。这样就形成了乌冬老师陈尸浴缸的死亡现场。而一缸浑水也不是扎比人偶溶化所致，而是河流冲进来的泥沙。"

"可是牛汁老师发现我的尸体的时候，浴室的门是开着的呀？"

"其实我发现你的时候，浴室的门就是开着的。我猜想是水退去之后，鲸鱼又发生了第二次爆炸，这次爆炸的冲击波推开了门。而且由于这次冲击的方向是自下而上的，导致门框在水平方向上出现了形变。于是门就关不上了，只能这么向外敞开着。"

乌冬像溺水似的大口喘气，也许是正在想象自己被水流吞没时的情形。

"最后一个是我。我在浴室昏迷，醒来时人躺在工作室。我是被人搬过去的，至于这人是谁，我后面再说。

"就在我刚刚恢复意识的时候，鲸鱼发生了最后一次爆炸。工作室在冲击力的作用下发生晃动，将我从地板上的洞口震落到了沙滩上。落地时我又昏了过去，而这时从鲸鱼体内喷溅而出的大量血液和胃酸从天而降。后来木架上的血和胃酸被雨水冲刷掉了，这就形成了我被泼硫酸的死亡现场。"

"那沙希老师你的舌头呢？也是因为意外被割下来的吗？"

"啊——这个呀。"艾丽托着下巴苦笑道，"其实是我自己割下来的。"

"自己割下来的？为什么？"

"好像是嚼口香糖的时候不小心连舌头也一起嚼了。当时也不知道自己已经丧失了痛觉，直到嘴唇上沾了血才感觉嘴里不对劲，吐出来一看，原来是舌头。"

"无痛无汗症的患者确实很容易弄伤自己的舌头和嘴唇。或许你也属于这种症状。"

齐加年松开托腮的手说道。

"这倒是提醒我了，我记得我舌头上也有伤。"

乌冬恍然大悟似的伸出了舌头。

"也就是说失去痛觉的人咬到舌头是一种常见现象喽。"

"抱歉，打断一下。"肋举起手，"我在昏迷之前看到了一个长着好多眼球的怪人。那是怎么回事？"

"是这样的。有三个人在遇害时看到扎比面具，分别是店长、肋老师和乌冬老师。看见扎比面具的地点分别是满身血污的店长所在的客房，被蜡油覆盖的肋老师所在的工作室，以及浮尸水中的乌冬老师所在的浴室更衣间。而这三个房间有一个共同之处。"

"共同之处？"

"就是碎裂的镜子。"

众人不约而同地倒吸一口凉气。

"镜子碎裂之后，各个部分的反射角度不同，因此映照出很多张人脸。你们三人在失去意识之前看到这样一面镜子，便误以为这里有一个长着很多只眼睛的怪物。"

"但是牛汁老师不是说他看见了凶手的脚吗？"

肋看向牛男。

"这个情况店长也向我讲了。店长最后看到的运动鞋上有一团呕吐物。那么咱们这些人当中有谁吐过？只有店长吐过。他一共吐了两次，一次是咱们外出探访之前，一次是在晚餐之后。

"店长身亡的那间屋子里有一把鲜血淋漓的椅子。店长在即将昏迷之际坐在了那把椅子上，然后意识蒙眬地趴下身子，结果就把眼前自己的两只脚当成了凶手的脚。"

"那现场的扎比人偶呢？它是从哪儿来的？"

肋心急火燎地插嘴问道。

"只有这些扎比人偶无法用意外和偶然来解释。的确有人想要利用扎比人偶将几起意外事故伪装成命案现场。那么这个人究竟是谁？

"这个问题并不难回答。因为鲸鱼尸爆和滔天大水绝非人力可以控制，所以这个四处摆放扎比人偶的凶手应该也是在横遭灾祸之后临时起意。

"我和齐加年老师、乌冬老师找到浑身是血的店长，也是我们第一次发现了和尸体成对出现的扎比人偶。当时被意外波及的人只有店长和肋老师。但是肋老师全身覆盖蜡油，不可能离开工作室。因此到处摆放扎比人偶的人只能是店长。"

四人一齐看向牛男。牛男只得挠挠头，一脸苦笑。

"也就是说我们发现牛汁老师尸体的时候，他其实是活着的？"

"没错。那个时候店长已经在工作室给扎比人偶涂好了蜡，并且将扎比人偶运回了自己的房间。没有人会想到一个被钉子刺穿脑袋的人还能活着。而他只是屏住呼吸坐在椅子上罢了。"

"那是谁跑去其他现场摆放的扎比人偶？"

"当然也是店长。他利用自己最先被杀——不对，是最先遭遇意外事故的良机，在其他的死亡现场摆放扎比人偶，想要以此营造出这座岛发生连环杀人案的假象。最开始他以为受害者只有他自己和肋老师，而当他一个接一个地发现大家的尸体，他迫不得已，只能在所有死亡现场都摆上人偶。"

"那他为什么这么做呢？"肋粗着嗓子问道。

"为了掩盖自己导致五个人中毒身亡的事实。店长在脑袋被扎入钉子的几十分钟之后就苏醒了，同时他也发现自己并没有遭到怪人袭击，而是自己的身体出现了奇异的变化。虽然他不能像齐加年老师那样从医学的角度一探究竟，但应该也意识到了自己早已死过一次。

"于是他便想到前天晚上自己堵住通风口的举动，可能就是让包括他自己在内的五个人丧命的原因。他担心大家发现真相以后报复他，而他又恰好在这个时候找到了意外被埋在蜡油里面的肋老师。于是他便利用扎比人偶布置了这么一手，心想只要蒙混过关，大家就会误认为肋老师是上岛之后被害身亡。这就是店长本来的打算。"

"自私自利的阴险小人。"齐加年低声骂道。

"但是由于条岛上发生的鲸鱼尸爆、洪灾等等意外过于离奇，

无人逝去

让人难以置信。大家又个个都是精明强干的小说家，如果如实相告，恐怕反倒是无人相信。因此店长便炮制出了一个以作家为目标的连环杀人狂，让整件事更容易被人接受。"

"这么说，把你搬到工作室的也是他？"

"也是店长。不过原因略有不同。他是怕我真的死了。我俩的老板特别可怕，要是我有个三长两短，估计店长也别想活命。店长无意之中发现大家接连倒下，可能也是慌了神。情急之中他想起了肋老师之前的提议，于是就用木板车把我转移到了工作室。结果好心办坏事，我变成了这个样子。"

艾丽挽起家居服的袖子，看了看自己被灼伤的手臂。

其余三人带着震惊的表情，对牛男怒目而视。

"这都是真的吗？"目瞪口呆的乌冬质问牛男。

"你这是什么表情？说实话，我也吓傻了，昨晚的事记不清了。不过有一点沙希算是说对了，扎比人偶确实是我放的。按道理不能怪到我头上——"

"把你吊在工作室下面，还真是吊对人了。"

齐加年声色俱厉地说道。

"可惜那只海鸟了，吃了这么个垃圾。"

肋像是咬到了舌头似的做出一副苦相。

"肚子里的虫子要知道它们寄生的是一个人渣，估计也要后悔。"

乌冬左右摇晃着脑袋，缓缓闭上眼睛。

这群只图嘴上痛快的东西。牛男打了个响舌，望向窗外。

天空逐渐泛白，长夜终于逝去。

始末

第五天早上，地平线上出现了一条渔船。

"往这边来了！"

乌冬打开窗户高声叫道。牛男几人正在吃着早餐，海风从窗口扑面而来。

"应该是我的同事来找我了。"

齐加年一只手端着咖啡杯，像在自言自语。然而肋听到齐加年的话之后却骄横地反驳道：

"我觉得是我的读者追过来了。疯狂的粉丝多了去了。"

按照原定安排，今天是"玉转学园"重新开张营业的日子。要是牛男旷班，哪怕是天涯海角，老板也会追上门来讨要违约金。渔船上是谁都行，可千万别是老板。

乌冬一马当先走出天城馆，奔向沙滩，其余四人跟在后面。乌冬站在石阶上兴高采烈地朝渔船挥手。渔船似乎是害怕搁浅，在距离沙滩三十来米的地方关闭了引擎，随后驾驶舱的门开了。

"啊呀！"

艾丽吓得叫声都岔了音。

出现在众人面前的是一个头戴墨镜，大腹便便，将藏青色夹克撑得鼓鼓囊囊的男人。脑袋左右两侧各有一簇稀稀拉拉、颤来颤去的卷毛。

"艾丽小姐，你还好吗？"

男人像小孩子一样尖着嗓子。肋和齐加年面面相觑。

"这是齐加年老师你的同事吗？"

"当然不是。该不会是你的粉丝吧？"

"啊——那家伙是我们店的跟踪狂。"

牛男一副作呕的表情。

"跟踪狂？跟踪牛汁老师？"

"跟踪她。"

牛男向艾丽扬了扬下巴。艾丽愁眉苦脸，仿佛一下子没了心气。

"要怪就怪店长太没用，否则这么个玩意儿怎么还能跑到这儿来。"

"喂——艾丽小姐！"

佐藤挥舞双臂叫道。

"多亏了他，要不我们还回不了陆地。"

牛男开玩笑似的说着。艾丽用肩膀顶了牛男一下以示不满。

五人返回天城馆，收拾好行李之后又回到了沙滩。

齐加年和乌冬登上游艇，放下救生小艇。海面风大浪急，惊起了山崖上的海鸟。

众人纷纷把行李搬上小艇，齐加年划桨，左摇右晃地驾驶小艇驶向渔船。

渔船甲板上的佐藤却被吓得像筛糠似的不停地哆嗦。五个奇形怪状的人直奔自己而来，换作是谁都不免胆战心惊。

齐加年用绳索固定住小艇，顺着梯子爬上渔船。甲板上杂七杂八地堆放着绞盘、饵料罐之类的东西。牛男几人跟在齐加年后面也

无人逝去

登上了甲板。

"这是你的船？"

"不是，是我租来的。"

"那就借给我喽。"

艾丽脚踏在船舷上说道。佐藤足足看了五秒钟，这才认出了艾丽。他瞠目结舌，鼻子也由于惊吓变了形。

"艾、艾丽小姐，这些人是怎么回事？"

"闭嘴，让你干什么你就干什么，不然弄死你。"

牛男恐吓道。佐藤吓得魂不附体，连声道歉。

"以我们现在这副尊容，回到本土以后肯定会被整个日本当成怪物。"

艾丽站在甲板上，低头看着自己腐烂的手脚说道。

"来我们医院吧。对我们的身体变化做一个彻底检查。到时候再向世人公开这一切也不迟。"

齐加年一边搬着行李，一边用毫无感情的语气回答艾丽。

"让一个写小说的给人打麻药，这医院让人放心吗？"

"那你们就另谋他处去吧。告诉人家你们被寄生虫控制了，看看会不会给你们送进精神科。"

"齐加年老师的医院能相信我们？"

乌冬忧心忡忡地插嘴问道。

"研究生院里有一位寄生虫学的老师，我可以跟他打声招呼。"齐加年想起什么似的扭头看向佐藤，"你带手机了吗？"

"带了带了，在这儿。"

佐藤挺起身子，从夹克里掏出手机。齐加年看看手机屏幕，微微摇了摇头，"没信号。"

"只要能在抵达本土之前取得联系就行。千万不要一到码头就被当成怪物。"

"这部手机就先借我使使吧。"

齐加年粗声粗气地说道，佐藤点头如捣蒜一般。

"等靠近本土有了信号，我马上联系院长。去医院的时候尽量低调一些。"

"但愿肚子里的虫子不会跑出来。"

乌冬抚摸着鼓胀的肚子说道。牛男也不由自主地摸了摸自己的小肚子。或许是心理作用，他感觉肚子比刚复活的时候更大了。

五个人的行李搬完，齐加年在驾驶室启动了引擎。伴随着引擎的轰鸣声，渔船周围水花四溅。

牛男凭舷远眺，目送让他经历了噩梦般日子的条岛渐渐远去。远远望去，那座宛如通往阴曹地府的岛屿只有礁石大小，竟别有一番滋味在心头。

半日时光过去，太阳沉入天际。

甲板只剩牛男一人。透过驾驶室的窗户，不只能够看到齐加年的身影，其他四个人则在船舱休息。

他无心入眠，出神地望着海面。夜幕下的大海是如此宁静，举目四望，既无行船也无岛屿，只有灯光闪烁的飞机偶尔从上空飞过。

夜晚的大海很安静。偶尔只会有飞机的灯光从天空掠过，船和岛都看不到了。

牛男伸了一个懒腰，收回垂放在船舷外的腿。他走下舷梯，来到舱门外。

无人逝去

门后是此起彼伏的酣眠的呼吸声。舱内并没有像来时的游艇那样的床铺，四个裹着毛巾被的男女挤在一起。乌冬的鼾声是那样熟悉。

牛男也在船舱角落仰面躺下，盖上了毛巾被。

大约过了十分钟。他听见船舱另一边传来布料摩挲的声响。随后响起了脚步声，有人拧开了门把手。借着月光，牛男看见肋走上甲板。可能是起夜吧。

牛男忽然觉得心里有些不踏实，于是屏住呼吸站起身来。他打开门，轻手轻脚地爬上舷梯。

甲板上空无一人。他看向驾驶室，正看见肋在开门。

"齐加年老师，手机还是没有信号吗？"

"信号？不知道啊。"

在嘈杂的引擎声中隐约能听到两人的对话。齐加年拿起放在驾驶台上的手机，十分刻意地摇了摇头。

"没信号。"

"啊，幽灵船！"

肋发出一声怪叫。趁齐加年回头的工夫，肋一把抢过了手机。

"哈哈哈哈。慢着，这不是有信号吗！你为什么要撒谎？"

肋看着屏幕叫道，像是立下大功一样。齐加年则是默默站着。

"我猜得没错。今天就是二十日。沙希老师的推理果然有问题。"

肋把屏幕对着齐加年。

"我们是十五日在码头会合。如果因为煤气中毒身亡，白白消耗了一天时间，那么抵达条岛就应该在十七日。今天是我们登岛的第五天，十七、十八、十九、二十，那么就是二十一日。但是你看，手机显示的日期却是二十日。"

肋质问齐加年。齐加年却像一块石头一样无动于衷。

"你是不是在想我是怎么发现的？我从游艇客舱的床上摔下来的时候，我能感觉到疼得要命。但是根据沙希老师的推理，我在那个时候应该已经煤气中毒死了。这样一来就出现矛盾了。"

肋把手机放在驾驶台上，模仿大侦探的样子轻咳一声。

"但这只是我的主观猜测。因为我的痛觉可能只是错觉。不过，铁证就在眼前，就在这里。"

肋说着，像举枪射击一样伸出双臂。

"当我在工作室苏醒过来，我的右手拇指和左臂的绷带上都有血。应该是被蜡油掩埋的时候受了伤。你仔细看看，这些血迹是红色的。如果我已经死了，那么从伤口流出来的液体就应该是黄色的。也就是说，当我在工作室失去意识的时候，我还活着。这是不可辩驳的事实。

"那么会不会是只有我一个人侥幸没有中毒？当然也不是。船和鲸鱼相撞之后，沙希老师的食指上也出现了一个红色的疮痂。其实当时我们根本就没有死。"

时间又一次凝固了。

看齐加年没有反驳，肋露出了笑容。

"而且还有一点我觉得很奇怪。齐加年老师在游艇舱内给我上绷带的时候发现的。你当时触碰到了我的胳膊，假如我是一个死人，你理应立即察觉到我没有体温。"

齐加年不声不响地关上了门，然后径直向肋走去。牛男忽然有种不祥的预感。

"齐加年老师，你应该早就发现沙希老师的推理漏洞百出了吧。为什么你不反驳呢？难不成沙希老师的推理正合你意？也就是说结

无人逝去

论是没有凶手，对你来说——"

齐加年一拳打在肋的脸上。肋的腰部撞在了驾驶台上，仰面朝天地倒了下去。齐加年从抽屉里摸出一把折叠刀。

"你来真的？！"

齐加年掀起肋的衬衫，一刀捅进了肋的肚脐眼。肋直愣愣地看着。齐加年搅动刀刃，肚子里的液体犹如泉涌一般，片刻之间衬衫便被染成了黄色。肋挥舞着双臂拼命挣扎，一个油桶翻倒在地，里面的液体洒了出来。

"店长，出什么事了？"

艾丽打开船舱的门问道。她身后是裹着毛巾被的乌冬和佐藤，二人也看着牛男。可能是被打斗声吵醒了。

"齐加年把肋给捅了。"

牛男把他刚才看到的事情告诉了三人。

驾驶室里"咣当"一声。肋捂着肚子跪坐在了地上。他的肚子胀得像孕妇一样。肩膀不停颤抖，唾沫横飞，明明没有痛觉，但他的脸却因极度痛苦而扭曲。

折叠刀从齐加年指尖滑落。他一脸茫然地望着这边，眼神似乎是在求助。

就在此时，伴随着气球爆炸似的声响，肋的肚子一分为二。一条又一条长约五厘米的线虫钻了出来。齐加年瘫软在地，像发疯似的惨叫。

一条条线虫扭动着、卷窝着、盘曲着、纠缠着，源源不断地从肚子的裂口处涌出。转瞬间一大片虫子便几近铺满驾驶室的地面，洪流一般钻入齐加年的鼻子和眼睛。

"别过来，别过来！"

被线虫淹没的齐加年活像一只怪异的马尔济斯犬，他不停尖叫，拍打爬到身上的线虫，然而这边打掉一条，那边涌来十条。线虫甚至钻进了他大口喘息的口中。

"店长，坏了！"

艾丽指着驾驶室舱门下方叫道。线虫正从铁门板和地板之间的缝隙向外钻。

"糟糕！"

牛男跑向舱门，用运动鞋踩踏线虫。那感觉就像是在踩水果。脚下不停发出"噗叽噗叽"的声音，留下一摊摊的黄色液体。

"哎呀哎呀哎呀！"

艾丽疯狂地叫着。有两三条线虫钻出了门缝。牛男上前一通乱踩，将线虫踩烂。他心知线虫踩是踩不完的，但这是眼下唯一的办法。

"——哎？"

牛男忽然感到右脚脚底有些异样。有什么东西在鞋子里蠕动。他屈腿察看鞋底，原来是线虫钻进了被钉子扎出来的洞。牛男慌张之下一个趔趄，腰磕在了船舷上。

"救、救命！"

牛男用力求救。线虫还在不断地向里钻。艾丽跑过来，紧皱眉头，掐住了线虫。线虫像跳舞似的扭来扭去。

"快点啊！"

"闭嘴，烦不烦人！"

艾丽揪出线虫扔向大海。听见"扑通"一声，她倚在船舷上喘着粗气。

再看驾驶室，齐加年的身体几乎已经被铺天盖地的线虫吞没了，就像一只被蝼蚁团团包围的死老鼠。旁边呆呆地望着他的，便是失魂落魄的肋。

又有差不多二十条线虫顺着门缝向外爬。再这么下去可就糟了。

忽然，众人闻到了一股加油站那种刺鼻的气味。刚才驾驶室里翻倒的那个油桶流出了透明液体，气味就来源于此。是煤油。

"喂，佐藤，把打火机给我！"

牛男朝船船舱叫道。

"打火机？没油了，还要吗？"

佐藤从夹克里掏出打火机，"咔嚓咔嚓"地扳了几下也打不着火。

"废物！那就烟吧。给我烟！"

"给你。"

佐藤把烟盒扔了过去。牛男接住，深吸一口气，扭动驾驶室的门把手。开门的一瞬间，一大群线虫涌了出来。牛男感觉像有无数双手摩擦着他的脚底板，耳边传来艾丽倒吸一口凉气的声音。

"肋，用这个给你践行吧。去了那头应该就抽不到了。"

牛男把烟盒递给蹲在地上的肋。肋转过脸来，他面如死灰，当初在码头碰面时候那种不可一世的模样荡然无存。

"我、我要死了吗？"

他瞳孔放大，双目无神，肚子像漏了气的气球一样瘪了下去。

"应该是吧。你的肚子都成空壳了。"

"我明白了。谢谢你啊。"

肋用手哆哆嗦嗦地抽出一支烟，从衣兜里掏出打火机，然后把烟叼在嘴里点着了火。

"到那头了也要念我的好啊。"

牛男一把从肋的嘴里抢下香烟，扔向地板上的煤油。肋猝不及防，一脸惊愕。只听"嘭"的一声，火光冲天而起。

牛男转身冲出驾驶室，他前脚刚出来，艾丽后脚就关上了门。

驾驶室燃起了熊熊大火。地板上成片的线虫被烈焰吞没，扭动着化为脓水。火焰蔓延到齐加年身上，他张着大嘴，却没有发出声音。线虫像脱毛一样一团团地掉在地上。他的腹部也开始涌出线虫，整个人就像一个蛋黄漏了的煎鸡蛋。

"啊哈，去死吧！"

牛男把爬上甲板的线虫踩得稀烂。

牛男等人关着门等待了大概十五分钟，火渐渐熄灭。齐加年两人已经被烧得不成人形，腹部塌陷，筋骨外翻。舱内遍地都是线虫烧焦的残骸。

"完了。操控面板烧坏了，这么一来回不去了。"

艾丽检查了一下掉在地上的手机。屏幕碎了，底板也掉出来了。显然是不能用了。

"到、到底是怎么回事？"

乌冬从客舱探出头来，脸色煞白地问道。

"小虫子从肋的肚子里钻出来了，于是我就给它们烧熟了。"

"这我都看见。你刚才不是说齐加年捅了肋吗？他为什么这么干？"

乌冬用质疑的目光瞪着牛男。牛男和艾丽交换了个眼神。事已至此，也就没有必要再藏着掖着了。

"跟你说实话吧。三天前的推理全是胡说八道。杀死我们的根本不是什么鲸鱼、洪水。是他。"

牛男语速很快，目光落在已是面目全非的齐加年身上。

乌冬爬上舷梯，撇着嘴向驾驶室里面张望一番。佐藤依然蜷缩

无人逝去

在船舱里。

"齐加年杀了我们！？那么肋是因为戳穿了真相，被齐加年灭口了吗？"

"大概是这样。他倒也不至于完全看穿，但是应该已经注意到齐加年有所隐瞒。齐加年为了让他闭嘴，就把他给捅死了。"

"不对不对，请等一下。"乌冬嘟着嘴说道，"之前是根据牛汁老师你手表上的血迹，推理出我们意外煤气中毒身亡的结论嘛。我觉得这个推理合情合理呀，难道这也全是假的？"

"手表上的血迹，还有表盘上的裂纹，这些都是真的。不过推理却是错的。都是生搬硬造出来的。不信你仔细看看。"

牛男从口袋里取出手表，戴在左手上，然后把表盘朝向乌冬。

"哪里不对了？"

"连这种小把戏都看不出来，你还好意思当推理作家。你看调节时间的旋钮是不是在左侧？一般来说都是左手戴手表，右手调旋钮。旋钮应该在手表右侧才对嘛。"

"啊，还真是。"乌冬惊讶地张开嘴。

"有些高档手表也会设计旋钮在左侧的款式。不过店长是个右撇子，他不需要买个反着戴的款式。"

艾丽抓着乌冬的手腕补充道。

去条岛那天，牛男曾向其他四个人展示了刻在表盘背面的"亲爱的大亦牛汁"，然后又把表翻转回来，戴在了左手上。但是此时的表盘是上下颠倒的，朝向牛男的并不是正确的刻度。

"把它正过来戴的话是这样的。"牛男解开表带，将手表上下调转，重新戴在手上。"表针停转时指示的时间并非十一点半，而是五点半。肋是半夜十一点半摔下了床，事实上这和手表故障没有任何关系。"

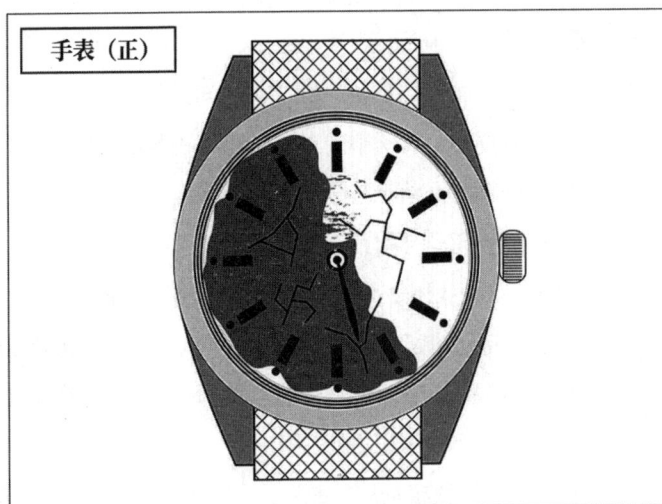

手表（正）

"这么说沙希老师是故意告诉大家一个错误的推理。可是你们为什么要这么劳心费神地包庇真凶呢？"

"因为我们发现真凶——也就是齐加年老师，他其实并不想杀死我们。"

艾丽字斟句酌似的缓缓说道。

"不想杀死我们？这是什么意思？"

"就是这个意思。齐加年老师只杀死了我们一次，复活之后他就没再想要杀死我们。

"既然他用扎比面具挡着脸，就说明他知道我们有可能复活。如果他真想要我们的命，那么最简单的方法就是弄死我们肚子里的虫子。他只需把四具尸体绑在柱子之类的地方，复活一个了断一个就行了。但是他并没有这样做。"

"越听越糊涂了。我还是不明白你们为什么要包庇他？"

"因为他假装自己遇害身亡来着。他之所以煞费苦心伪装成遭遇他杀的样子，就是为了和我们一起返回陆地。只要身份没有暴露，他就会继续扮演受害者的角色。

"三天前的晚上，我根据店长的讲述，意识到凶手就是齐加年老师。但如果我闯进餐厅逼问他，不知道他还会干出什么事。一旦身份暴露，他也就演不下去了。所以既然他不打算杀死我们，那么安全起见，没必要贸然刺激他。"

"可是我们本来就没有怀疑过齐加年，有必要刻意编造一个推理吗？"

"还不是为了救人。"艾丽瞥了一眼牛男，说道，"当时店长被海鸟啄得遍体鳞伤。不管怎样，我都不能把他丢在沙滩上一走了之。但是如果不能证明店长清白，那么大家肯定又要开始胡思乱想了。一群耍笔杆子的凑在一起，怎么可能放过近在眼前的悬疑案件。万一有人误打误撞戳穿了齐加年的伪装，那岂不是又没命了嘛。于是我就和店长绞尽脑汁，编造出了一个谁都不是凶手的推理结论。怎么样，干得漂亮吧？"

"考虑得真是周到。"乌冬脸上带着半信半疑的表情，"可是你们是怎么知道齐加年老师是凶手的呢？他又有什么目的？"

"别着急呀。饭要一口一口吃嘛。"

牛男叼着烟倚在船舷上。刚想点烟，想起身上没有打火机。驾驶室里的肋倒是有打火机，但是牛男并不想去拿。

"多亏齐加年犯了一个错误，我和沙希这才发现了真相。"

"难道是在现场留下了手印？"

"当然不是。齐加年面部流血，脸朝下趴在二楼走廊。走廊里有一摊血渍，从栏杆空隙滴落的血把门厅也染得血迹斑斑。

"不过，当我们从二楼的走廊俯视一楼的时候，发现尸体面部流出来的血垂直落在了一楼的地毯上。仔细一想，感觉有些奇怪。"

"哪里奇怪？物体从上往下落不是正常现象吗？"

乌冬不解地摇晃着被水泡得松松软软的脑袋。

"问题在于血的下落方向看上去是垂直于地面的。天城馆由于滑坡之类的原因，产生了五度左右的坡度。但是液体下落并不受坡度影响，而应该在重力的作用下垂直下落。那么在天城馆中，血液下落的方向与垂直于地面的方向之间应该存在着一个夹角。"

"走廊差不多有五米高，假设地面的坡度是五度，那么通过正切三角函数可知，血迹将偏移四十三点七五厘米。"

艾丽说着伸出双手，比画了一个和肩膀差不多宽的距离。

"没错。这说明一楼地毯上的血迹是伪造的，有人想让它看起

无人逝去

来像是从二楼滴落下来的。而唯一有必要这么做的人就是齐加年。"

"齐加年为什么要自找麻烦呢？他自杀本来脸上就会流血，又何必伪造血迹。"

"不是这样的。想要把自杀伪装成遇袭身亡，就需要处理掉遗留在现场的凶器。如果尸体旁边有沾着血的凶器，那么不可避免地会有人怀疑他是自杀。

"那该怎么做才能不留下凶器？唯一的方法是在其他地方弄伤自己，处理掉凶器之后再前往案发现场。为了转移途中不留痕迹，他必须要先给伤口止血，服用迟效性的药物，在药效发作之前迅速转移现场。

"这时就会出现另一个问题：所谓的案发现场没有血迹。因此齐加年预先抽取了自己的血，将血洒在了走廊和门厅。"

"原来如此。伪装反而让凶手露出了马脚。"

乌冬低头看着烧得焦黑的齐加年，腮帮子一抽一抽。

"他抠下扎比人偶的泥巴涂在脸上，同样是为了伪造现场。乍一看他是想用泥巴止血，但他的真正目的是用泥巴弄脏走廊，让那里看上去更像他身负重伤的第一现场。"

"那他还在一楼滴血干什么？直接在二楼伪造现场就行了，也不至于最后被人看穿。"

"只是人倒在了二楼走廊，那么很难会被人发现。假如一直没人找到他，时间久了，他可能自己先复活了。他必须要保证在自己死亡期间被人找到。"

"不对呀？那他死在一个更显眼的地方不就好了，为什么偏偏选在二楼走廊。"

"他最初应该也是这么打算的。我觉得他很有可能是在二楼走

226

廊意外受了伤，这才不得已而为之。

"还记得命案发生之后，门厅的灯就坏了吧。那个球形吊灯距离他尸体所在的二楼走廊非常近。由于地面是斜的，钟摆一样的吊灯便向走廊一侧倾斜。这家伙看风景的时候不知道怎么回事后脑勺撞上了吊灯。他声称自己是听见打雷之后才向外张望，但我猜他是被雷声吓了一跳，后退的时候撞在了吊灯上。球形的吊灯摆动一段时间便回到了原来的位置。加上地面是倾斜的，就有种面部突然遭到他人殴打的感觉。这家伙的脸受伤后，不小心把血滴在了二楼走廊的地面上。

"这把齐加年急坏了。倘若被人发现了这片血迹，那么他在走廊受伤并且转移现场的行径就有可能败露。受伤是在这里，尸体却又在另一个地方，这样一来，别人便能顺藤摸瓜地识破他对凶器和血迹动的手脚。

"于是他转念一想，索性直接在二楼走廊自我了断，与其掩盖血迹，倒不如利用这片血迹。为了让人发现他的尸体，他便伪造了现场，让血看起来是从二楼滴落到了一楼门厅。"

"他费这么大劲想要让人找到他的尸体，又有什么意义呢？"

乌冬按着太阳穴，似乎是在冥思苦想。艾丽正要开口，牛男摆了摆右手，制止了她。

"想要理解齐加年的所作所为，就必须弄清楚他的企图。正如刚才沙希所说，齐加年的行为前后存在着矛盾。他确实杀了我们，但又不是真的想要我们的命。如果他怀恨在心，那么他完全可以趁我们死亡的时候控制住我们，等人复活后再剖开肚子。

"回头看看齐加年的行为，可以看出这家伙有两个目的。

"第一个目的，是依次杀死我们。这里的'杀死'，并不是为了惩治什么人，也不是发泄私愤，而是从物理层面终结我们的生命活动。而他杀我们另有原因——这个原因我后面再说。

"第二个目的，就是非必要不杀人。换句话说，就是让复活的人活着。"

"这是因为他犯事之后心态发生了变化？"

"不是。齐加年只是一个麻醉医生，并不是杀人取乐的杀人狂。他是出于某个理由才对咱们下手，而且从一开始打算就是点到为止。迄今为止他都没有再动手，而且想要让我们活着返回陆地，这都是十足的证据。

"事实上，齐加年复活之后马上就把寄生虫的事告诉了我和肋。他这么做是害怕我们误以为自己是不死之身，重演奔拇族的悲剧。

"除此以外还有一个更明显的证据。齐加年在杀死我们的时候戴着扎比面具。如果他真的想要我们的命，等我们复活之后直接杀掉就好，没必要遮挡面部。他之所以把脸挡住，就是不想再对复活的我们动手——也就是想要保全我们的生命。"

"原来是这样。倒也说得通。"

乌冬苦着脸说道。

"可是，大家复活之后，他想要隐藏凶手身份，也并非易事。毕竟我们几乎是同时复活的。不管他用了什么手段，只要全员复活之后互相核对一下，最后复活的那个人自然就是凶手，他也跑不了呀。"

"没错。如果凶手事先不做准备，那么身份暴露就是迟早的事。"

"如果按照你的推理，凶手是以死亡状态上的岛，那么实话实说，有些过于冒险。而且我们也证实过了，登上游艇之前所有人都还活着。自动门的感应器敏锐地识别到了齐加年，你在黑暗之中发现穿环脱落，肋胳膊骨折之后疼得龇牙咧嘴，沙希的指头流出来的是红色的血，她也证明了我一直活着。刚才我们也解释过了，煤气中毒纯粹是胡说八道。当我们来到这座岛的时候，凶手还是活生生的人。这是事实。"

"这样一来凶手不就成了最后一个复活的沙希老师了吗？"

乌冬有些不好意思地看着艾丽。

"不是的。我刚才说过了，齐加年既要想方设法地保全我们的生命，对于发现真相的人，又不得不杀人灭口。如果他暴露了凶手身份，那岂不是满盘皆输了嘛。所以，为了不让自己成为第五名死者，他想出了死后杀人的方法。"

"死后杀人？"乌冬鹦鹉学舌似的重复道。

"当然，死人不可能把人打死或者勒死。于是齐加年费尽心机地布了机关，届时无须亲自动手，便能取你和沙希的性命。而破解这个机关的关键依然是它。"

牛男说着摘下手表，在乌冬的鼻尖前甩了甩。表针停在五点半的地方。

"对了，我还不知道手表是怎么坏的呢。"

"是这样的：不论是在船舱的时候肋摔在我的身上，还是在天城馆被扎比面具怪人袭击，都是晚上十一点半前后。无法解释表为什么会停在五点半。"

"会不会是碰巧没电了？"

"不会的。表盘上十二点的刻度附近有同心圆形状的血迹。这说明晚上十一点半我遭遇袭击，血洒在手表上的时候它还没有坏。

"但是我复活之后看表时，表针就已经不走了。这块表应该是

无人逝去

在我死亡期间坏的。当我正在鬼门关走那一遭的时候，清晨五点半，我的肉身遭遇了某种情况，而这便是导致我手表损坏的原因。"

"唔——遭遇了什么情况？"乌冬吓得后槽牙直打战。

"实话实说，这个线索只有我自己知道。我复活的时候，嘴里有一团像血和呕吐物混合而成的异物。"

一想起那东西黏腻的口感，牛男就浑身不舒服。

"你是临死之前吐了吗？"

"没有吐。我在睡觉之前把肚子都吐空了。那东西不是我吐出来的。"

"那到底是什么东西？"

"你不用想得太复杂。皮肤被刺伤会流血，胃受刺激会呕吐。齐加年用钉子钉穿了我的脑袋，那么从脑袋里出来的是什么？是脑子。我嘴里的那块东西就是脑子。"

"嘴里……脑子？"乌冬愈发惊恐万状。

"当然，如果钉子只是从后脑勺穿出脑门，那么脑子肯定不会进到嘴里。齐加年在晚上十一点半把钉子钉入了我的后脑勺，钉子从脑门穿出。五点半的时候他又把钉子拔了出来，然后从后脑勺钉进了我的嘴里。于是上颚就开了一个窟窿，脑子就顺着窟窿流进了我的嘴里。他就是在摆弄我的尸体的时候弄坏了手表。"

"他干吗要钉你两次？"

"为了让我误判死亡时间。我是晚上十一点半被头戴扎比面具的齐加年打昏过去。恢复意识的时候，我已经成为一具血肉模糊的尸体。这时候我自然会认为自己死在晚上的十一点半。

"但是我转念一想又感觉不对。人在昏迷状态下根本不知道自己是死是活。失去意识的时间和死亡时间未必一致。齐加年在晚上十一点半让我失去了意识，然后对我进行了静脉麻醉，让我保持昏迷状态，等到五点半才杀死了我。这个时间差，就是齐加年避免自己成为第五名死者而挖空心思想出来的妙计。"

"不对吧。半夜两点半的时候，我和沙希老师见到了牛汁老师的尸体。牛汁老师浑身是血，脑门上有一颗贯穿头盖骨的钉子。"

乌冬左右看了看牛男和艾丽。艾丽则露出一丝嘲讽的笑容，抬了抬下巴，让牛男继续说下去。

"眼见未必为实。实际确认我是死是活的人是齐加年。他故意当着你们的面摸我的脉搏，让你们误以为我已经死了。继而又编造出奔拇族可能毁于败血症之类的说法，阻止你们接触尸体。我满身的鲜血，其实是齐加年给我泼上了工作室的血浆。"

"不对不对，虽然我没有碰过你，但是钉子确实是扎在你的脑袋上啊。"

"你没有看错，我的脑袋确实是被钉子扎穿了，但是我还活着。"

"哎？脑袋扎上了钉子，人还能活吗？"

"那可说不准。大脑具有各种各样的功能。钉子从后脑勺贯穿头盖骨，然后钻出脑门，它只伤到了大脑半球的一部分——汇总处理视觉和触觉信息的顶叶，以及负责记忆和思考的额叶。人并不会因为这些部位受损而死亡。"

"大脑停止工作，但脑干还在工作，这种状态叫作迁延性昏迷——也就是所谓的植物人。"

艾丽用手指在额头比画了几下。九年前牛男和晴夏在意大利餐馆吃饭时，晴夏也做了类似的动作。

"当然，头盖骨和硬脑膜被钉子钻出窟窿的话会非常疼，失血过多也会造成死亡。不过，如果让钉子扎在脑中，不去动它，伤口就不会大量出血。尽管组织坏死后人还是会死，但是不至于在短短几个钟头之内丢掉性命。"

"难以置信。牛汁老师，那个时候你竟然还活着。"

乌冬的表情像是突然被人打了一拳。

"我也没想到。十一点半，齐加年袭击了我，给我进行静脉麻醉，让我动弹不得，之后把钉子钉进了我的大脑。然后他诱导你和沙希来到我的房间，目睹我的死状。等到五点半，他再给我致命一击。

"这时他如果用勒脖子之类的方式，便会留下新的罪证。因此他将贯穿头部的钉子拔出一半，向下调整了钉子的方向，再次钉入脑中。这样做一来伤及脑干，人将失去自主呼吸，最后窒息而亡。二来可以避免增加新的外伤。而我嘴里之所以会有脑子，就是因为钉子钉入脑干后穿透了口腔。"

牛男想起被扎比面具袭击之后，自己在意识迷离之际所看到的那宛如噩梦一般的情景。世界四分五裂，嘴里像生虫一样钻出一条僵硬的手臂——就是这种感觉。

回头想想，那感觉并非单纯的幻象。齐加年扎入脑中的铁钉贯穿上颚，扎进了唇舌之间。牛男虽然脑子乱作一团，但是眼睛应该捕捉到了那个瞬间。

"牛汁老师是在上午十一点半苏醒过来的吧？如果实际的遇害时间是早晨五点半，那么这样一来复活时间不就变成六个小时了吗？"

"确实是这样。其实被寄生虫感染的人类复活只需要六个小时。齐加年故意误导我们，将时间翻了一倍，变成了十二个小时。"

"啊？"乌冬大吃一惊，"难道我们之前算错了？"

"是的。齐加年或许在晴夏死亡之前就发现了她身体的反常状况。因为晴夏的身体异常冰冷，她本人对此也没有遮遮掩掩。齐加年根据晴夏的叙述，对类似病症进行研究之后发现，被这种虫子寄生的人类会在死亡六小时后复活。"

"可是除了牛汁老师，其他几位不都是过了十二个小时才复活的吗？"

"不是这样的。你中了齐加年的诡计。齐加年在杀死我的时候利用了时间差，而他也将这个手法用在了你们身上。

"我之前说过，我在工作室下方察看沙希的尸体的时候，曾在她脑袋底下发现了肋的项链。如果这条项链是肋被埋在蜡油里的时候意外脱落，那么它也应该在蜡油里才对。因此项链脱落不是在齐加年给肋浇上蜡油的时候，而是在他扒开肋身上的蜡油的时候。

"咱们来梳理一下齐加年对肋的所作所为。他在凌晨一点用一张诡异的字条把肋骗出了房间，然后在工作室将其击晕，趁其昏迷，对其进行了静脉麻醉。之后他让肋面朝屋外贴墙而立，全身浇上蜡油。由于墙壁是由圆木拼接堆砌而成，木头之间的缝隙可以透气，所以不用担心肋会窒息。

"肋虽然面朝屋外，但实际上他被浇上蜡油之后，旁人根本看不出他在里面面向何方。于是齐加年用石膏模具在肋的后脑勺处轻轻按压，从蜡油外面看，里面凹凸不平，隐约像一张人脸。这样就伪装出了肋被蜡油包裹窒息而死的现场。之后再引导你们前往工作室，让你们目睹肋的死状。因为不能直接接触肋的皮肤，所以也就无法确认他的体温和脉搏。

"齐加年真正将肋杀死，是在凌晨一点肋遭遇袭击的六个小时之后，也就是上午七点左右。他打破蜡块，将肋翻转过来，迎面浇上了经过二次熔化的蜡油。这一次是真的无法呼吸了，肋就这样死了。

"但是，齐加年无法完全还原蜡块的形状。我看到的肋的死状，与你和沙希看到的肋的死状应该是不一样的。只是我们并没有意识到这一点。"

"原来当时我们仨看到的尸体都还活着啊——这么说，我被杀死之前看到的齐加年的尸体，也是活的？"

"他那当然是装死。正如我刚才所说，他把血滴在一楼的地毯上，是为了让自己更容易被人发现。其实本来只要碰一碰尸体，就能知道是死是活，但是他在你们发现我的尸体的时候暗示说败血症会传染，打消了你们靠近尸体的念头。

"如果他装了半天，却依然没人发现他，那么他或许就会像对付沙希那样，把扎比面具吊在窗外，逼迫你逃离房间。一段时间内装死也没人经过的话，就和沙希的情况一样，他打算在窗户上垂下扎比面具，让你走出房间。根据复活时间倒推可知，那家伙真正的死亡时间在上午九点四十分左右。"

"我的遭遇也是这样的吗？"乌冬低头看着自己肿胀的身体。

"道理都是一样的。但是你的情况与我和肋略有不同。人只要是俯卧在浴缸之中，不管怎样最终都会窒息而死。用这种方式将活人伪装成溺亡的尸体是不可行的。因此齐加年试了一个调包计。"

"调包计……给我戴上了潜水用的氧气瓶？"

"傻啊你。那样的话光是听声就知道你还活着。线索就是我的运动鞋。我复活以后，系鞋带的方式却莫名其妙地变了样。毫无疑问是齐加年在我死亡期间曾脱掉过我的鞋。

"但是他为什么要脱掉我的运动鞋呢？其实那小子不只是脱掉了鞋，而是将我从头到脚扒了个精光，只是我没有发现罢了——这样一想，他的真实目的就浮出水面了。"

"脱光了牛汁老师的衣服？为什么呢？"

"你这家伙真够迟钝的。咱俩体型相近。凶手把我的尸体扒光，就是用来伪装成你的尸体。反正趴在浴缸里看不见脸。头发上的泥巴是为了挡住后脑勺上的钉子。说不定啊，那一缸泥水里还混着我的脑浆呢。"

乌冬屏住呼吸，将牛男从头到脚看了一遍。

"可、可是那个时候活着的人就只剩沙希老师了呀。尸体换是换了，但要是沙希老师没来浴室，那就不白费功夫了嘛。"

"浴室就在沙希房间对面。她一旦受到吊在窗外的扎比面具的惊吓跑出房间，不想看也能看见。窗户碎裂，浴缸里又漂浮着一个硕大的身躯，这些异常情况格外醒目。不管她靠不靠近浴缸，只要趁她心慌意乱的时候从背后狠狠地给她脑袋来上一下，就算是得手了。"

"沙希老师也可能离开房间之后直接逃走呀。"

"这也在他的算计之中。毕竟一旦沙希逃出主楼，那么再想抓住她可就没那么简单了。因此，他打碎了浴室玻璃，给自己留了一个后手。当沙希径直逃向楼外，他便可以从浴室窗户翻出楼去，迂回到玄关杀沙希一个出其不意。"

"之后你的情况便和其他人大差不差了。齐加年给你注射了麻醉剂，在你被打晕的六个小时之后——也就是十一点半前后，他将你淹死在了浴缸里。"

乌冬蜷缩着肩膀，或许这番话又勾起了他遇害时的可怕回忆。

无人逝去

　　"第五名死者沙希也是一样。齐加年袭击她的时候别人都已经死了，因此他也没必要再进行伪装。他只需把沙希从工作室推下沙滩，趁她昏迷之际注射麻药，等六个小时之后再把她杀掉即可。沙希失去意识是在早上七点，所以实际被杀时间就是六个小时之后的下午一点。"

　　乌冬不停地点头，像思索着这番话的意义，忽然他停下了动作。

　　"咦？不对呀。齐加年九点四十分的时候就已经死了，他不可能十一点半的时候把我淹死在浴缸里，也不可能下午一点再去给沙希老师泼上硫酸。"

　　"你反应很快。不过我一开始就解释过了。这一系列伪装的目的是要洗脱他是第五名死者的嫌疑。而要洗脱嫌疑，他就需要能够实现死后杀人的机关。

　　"因此他需要布置机关的时间。他在早上七点袭击了沙希，而他自己的死亡时间是九点四十分，中间有大约两个半小时的空当。齐加年想方设法地让我们误判复活所需时间，就是为了争取到这两个半小时。"

　　"也就是说他利用这两个半小时的时间布置了自动杀人的机关啊。"

　　乌冬说话的口吻活脱脱一个推理小说迷，艾丽不禁苦笑。

　　"大概就是这个意思。那么他布置的是什么机关呢？那必定是一种无须亲自动手便能启动的机关。"

　　"就是那种时钟一走到十一点半，十字弩就会自动射出弩箭的机关吗？"

　　乌冬做出一个拉弓的姿势。

　　"种类不可胜数。反正就是利用时钟转动、涨潮退潮、太阳光线角度之类的机关。而且这个机关没必要像精密的仪器那样复杂，机关越复杂失败的概率就越大，所以只要确保奏效就好。因此，他利用的是自己死亡之后，发生概率非常大的一件事。"

　　"还能有这么巧的事？"

　　"线索在于时间。你死在十一点半，而这恰恰就是我复活的时间。这绝非巧合。这是齐加年布置的机关，我一旦复活，你随即就会死去。"

　　"啊？牛汁老师你刚一复活，然后我就死了？"乌冬惊讶地眯起了眼睛。

　　"我的意思可不是我杀了你。当时我的尸体瘫倒在房间正中央的椅子上。苏醒之后我从椅子滑倒在了地上。

　　"齐加年在这把椅子的腿上缠上了一根麻绳。绳子一头绑着重物，另一头拴上从工作室拿来的长铁钉。然后他打破我房间的窗户，把拴着钉子的绳头从窗户顺出去，然后他来到楼外，沿着梯子爬上屋顶，将钉子提到遮雨檐上，再沿着遮雨檐绕到天城馆的另一侧，把钉子悬吊在浴室窗户外面。之后他回到天城馆，把悬在浴室外面的钉子拉进室内。

　　"这根钉子的用途就是固定你的头部。他先在浴缸放好水，让你趴在水中。然后抬起你的头，让钉子横着穿过你两侧脸颊上的穿孔，之后架在浴缸的边缘上，这样一来你的面部就不会沉入浴缸之中。

　　"另一侧的重物则挂在我房间的窗户外面。窗外就是悬崖峭壁，下面是大海。由于麻绳绑在椅子上，所以挂在窗户外面的重物并没有掉进海里。

无人逝去

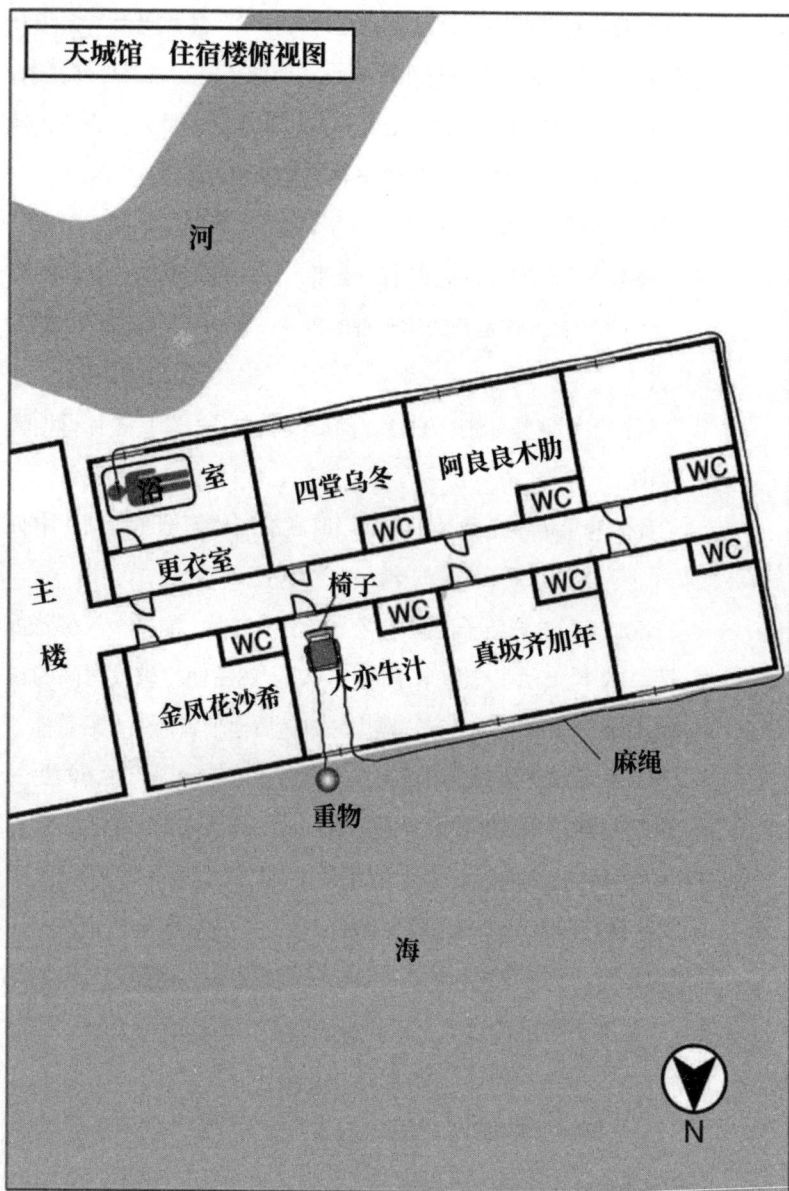

天城馆　住宿楼俯视图

河

浴室
更衣室
四堂乌冬
阿良良木肋
WC
WC
WC
WC
WC
主楼
椅子
WC
金凤花沙希
火亦牛汁
真坂齐加年
麻绳
重物
海

N

238

"十一点三十分。就在我即将恢复意识的时候，我从椅子上摔了下来，倒在了地板上。没有了我体重所造成的压力，缠在椅子腿上的麻绳便开始松动。最后重物坠入海中，顺势拔出了你脸上那根拴在麻绳上的钉子，于是失去支撑的头部沉入浴缸。铁钉被重物拽出窗户，沿着遮雨檐滑动，进而从悬崖掉进大海。乌冬在浴缸里窒息而死，而证据消失在了滚滚波涛之中。"

牛男在即将苏醒之际，曾在一片犹如被泥巴周身包裹的倦怠感中，听到了一些响动。像是老鼠窜过屋顶的"沙沙沙"的声音，来自于被麻绳拖拽着摩擦遮雨檐的铁钉。"扑通"一声，则是重物坠落海面时发出的声音。

大约十分钟后，牛男在浴室发现了刚刚死去几分钟的乌冬的尸体。但是由于皮肤被泡得发胀，人又浮在水面之上，牛男便误以为他死亡了很长时间。

其实，乌冬皮肤肿胀是因为他已经在水中浸泡许久，而他之前被架在浴缸上方的头部并不像身体胀得那样严重。

同样，他的身体漂浮在水面上也与腐烂产生的气体毫无关系。通常，溺亡的尸体之所以会下沉，是因为人在慌乱之中会将水吸入体内，而水又把体内的空气挤压到了体外。而乌冬在水里的时候麻醉剂已经生效，他并没有在水里惊慌挣扎，因此体内还保存着大量空气。

"顺便解释一下你舌头上的伤口。多半是因为齐加年用铁钉贯穿你左右脸颊的时候，你的舌头在中间碍事，结果就不小心蹭破了。"

"他居然把我的脑袋刺穿了——就像去往条岛路上，在船上吃的烤肉丸子一样？"

无人逝去

乌冬咬牙切齿地揉了揉戴着穿环的脸颊。

牛男想起九年前偶然见到的"昆虫人面部刺穿表演"海报。海报上是一个脸颊被针刺穿、露出空洞的笑容的女演员。

"我恢复意识的时候，看到床下有一个扎比人偶，露着半截身子盯着我看。这是齐加年故意为之。他把人偶摆在一个醒目的位置，目的就是把我的注意力引到床边，以免我清醒得太快，看见窗外的重物落入水中，导致他精心设计的机关功亏一篑。而我房间外侧墙壁上像血迹一样的污渍，其实是麻绳飞出窗外时带出去的血浆。"

"那么沙希老师的遭遇也和我一样吗？"

"机关的设计思路是完全相同的。沙希死于下午一点，也就是在肋复活的同一时刻，她被了结了性命。齐加年设计的这一机关利用的是肋的复活。"

牛男停顿一下，咽了一口唾沫。

他在工作室的下方找到艾丽的时候，她其实还没有死。

"齐加年袭击沙希的地点本来是住宿楼的浴室，而非是在工作室，但他却要舍近求远地将沙希移动到工作室，就是因为机关要想发挥作用，沙希和肋就不能相距太远。那么，他究竟设计了怎样一个机关，让复活的肋导致了沙希的死亡？"

牛男反问乌冬，乌冬的表情就像是一个课堂上被点名回答问题的学生。

"呃……我记得肋老师复活的时候好像小便失禁了。"

"那又怎么样呢？"

"会不会是这样的？齐加年打昏了肋老师，然后喂肋老师喝下了有毒的水，这些毒物就储存在了肋老师的膀胱里面。他复活之后小便失禁，尿顺着地板的缝隙滴到了沙希老师的脸上。然后沙希老师就被尿给毒死了。"

"哈哈哈哈，这机关听上去可真过瘾啊。"牛男放声大笑，瞟了一眼眉头紧锁的艾丽，"可惜这行不通。如果肋喝下的药量足以致死，那么他自己就先吸收了，没等毒素到达膀胱，他应该就已经一命呜呼了。"

"啊，确实如此。"

"关键在于工作室。你回想一下你们被齐加年带去工作室时的情景。沙希破天荒地失去了理智，抄起架子上的刻刀要把你们赶出工作室——是不是有这么一回事？"

"第一个嗝儿屁了的家伙少在这里站着说话不腰疼。"

艾丽点头表示肯定，然后又不忘讽刺一句。

"问题就在沙希拿的这把刻刀。她完全没必要拿架子上的刻刀，工作室里的另一件工具明明更适合对付你们两个男人。"

"什么工具？"乌冬歪着头问道。

"锥子。我复活之后曾在工作室地板上看到一把锥子，当时我还以为那是凶手熔化蜡像的时候，从蜡像胸口拔下来扔在地上的。

"但是你们半夜前往工作室的时候，那把锥子还不在那里。那么锥子是从哪儿来的？只能是被齐加年藏起来了。为了布置杀死沙希的机关，他不能用放在架子上的锥子，而是必须要用蜡人身上的那把锥子。于是他就把锥子提前藏在了置物架后面，以免被别人拿去防身。"

"先是钉子，又是锥子。好像也没啥新鲜的啊。"

"二者可是截然不同。钉子的作用是让你掉进浴缸——换句话说，是整个机关的终结。但是锥子的作用则是启动机关。

无人逝去

"齐加年扒开肋身上的蜡油，将其翻转过来背靠墙壁，然后他顺着圆木来到工作室地板下方。地板是约有十厘米厚的板材，下面是斜向固定、起支撑作用的角撑。齐加年从地板下方将锥子插进木板接缝，扎入肋的左臂。而一般的锥子都达不到这样的长度。

"肋绷带上的血就来自被锥子扎破的伤口。但是常理来说，棍棒之类的尖头捅进动物体内是很难拔出来的。更不要说纤维紧实的肌肉了，于是锥子就卡在了肋的胳膊里面。"

"这就和店长身上的刀子和玻璃拔不出来是一个道理。"

艾丽笑着调侃道。

"齐加年提前在锥柄上绑上了一个小瓶子，瓶子里面是混入了毒物的液体。他拧下瓶盖，然后返回工作室，给肋浇上蜡油，闷死了他。到这一步，机关的准备工作就算完成了。

"六个小时之后，肋复活站起身，插在左臂上的锥子便会脱落，并且将瓶子带翻。然后从瓶子里流出来的液体便顺着圆木淌到了沙希脸上。因为肋没有痛觉，所以不会发现自己被锥子扎过。"

"可是这样锥子不就掉到地上了吗？"

"他只需要事先用绳子捆在圆木上就行了。"

"但是就算没有痛觉，胳膊上被扎了一个窟窿，肋还能看不见吗？"

"所以齐加年才会选择把锥子扎在本来就绑着绷带的左胳膊。绷带材质粗糙，不会留下痕迹，何况那个部位本来就受了伤，即便看到出血也不会有太多怀疑。我猜要是肋没有摔断胳膊，齐加年或许会选择扎在当事人不易察觉的屁股上。"

"我明白了。不过液体是从紧贴着工作室下面的地方开始流淌，它能那么顺利地流到沙希老师的脸上吗？"

242

"他只要事先试验一下，就能知道让沙希躺在哪里最容易得手。他把沙希的上半身倚靠在岩石上，不仅仅是为了让毒液流到她的脸上，更是为了让液体灌进肚子。当然，有些毒物只需接触皮肤就能导致中毒，但是通过消化道黏膜吸收的毒药更能够保证万无一失。

"这时舌头就显得碍事了。如果把舌头抬起来，有可能会堵住嗓子，液体在嘴里流不下去，无法彻底杀死沙希。因此齐加年提前割掉了沙希的舌头。"

牛男想起肋复活之后，曾软磨硬泡地让他帮忙查看艾丽的尸体。当时他们正在说笑，忽然一滴冰冷的水滴掉落在了牛男头顶。

牛男原以为那是肋的尿液，其实那是瓶子里残存的液体。由于失去了痛觉，哪怕是硫酸那样的刺激性液体，牛男也感觉不出来。

"稍等一下。牛汁老师在工作室发现肋老师的时候，锥子怎么会在地板上？机关用到的那把锥子应该还在地板下面才对啊。"

"地板上的锥子和蜡像身上的锥子并不是同一把。因为所有人都知道蜡像胸前插着一把锥子，如果锥子不翼而飞，而又有人心生疑窦，那么很可能会顺藤摸瓜地识破这个用到了锥子的机关。所以齐加年这才把置物架上的另一把锥子扔到了地上。"

"可是如果牛汁老师在去工作室之前直接去确认沙希老师是生是死，这个计划不就泡汤了嘛。"

"说得轻巧。齐加年专门把沙希扔到木架子和悬崖中间，为的就是不让我那么容易地找到她。而他在每个案发现场摆放扎比人偶，也是为了转移我的注意力，让我误以为沙希已经身亡。"

"扎比人偶？这是什么意思？"

"脑袋被钉入钉子的尸体旁边，摆放着脑袋被钉入钉子的人偶。被蜡油掩埋的尸体旁边，摆放着被蜡油覆盖的人偶。无论是谁，看

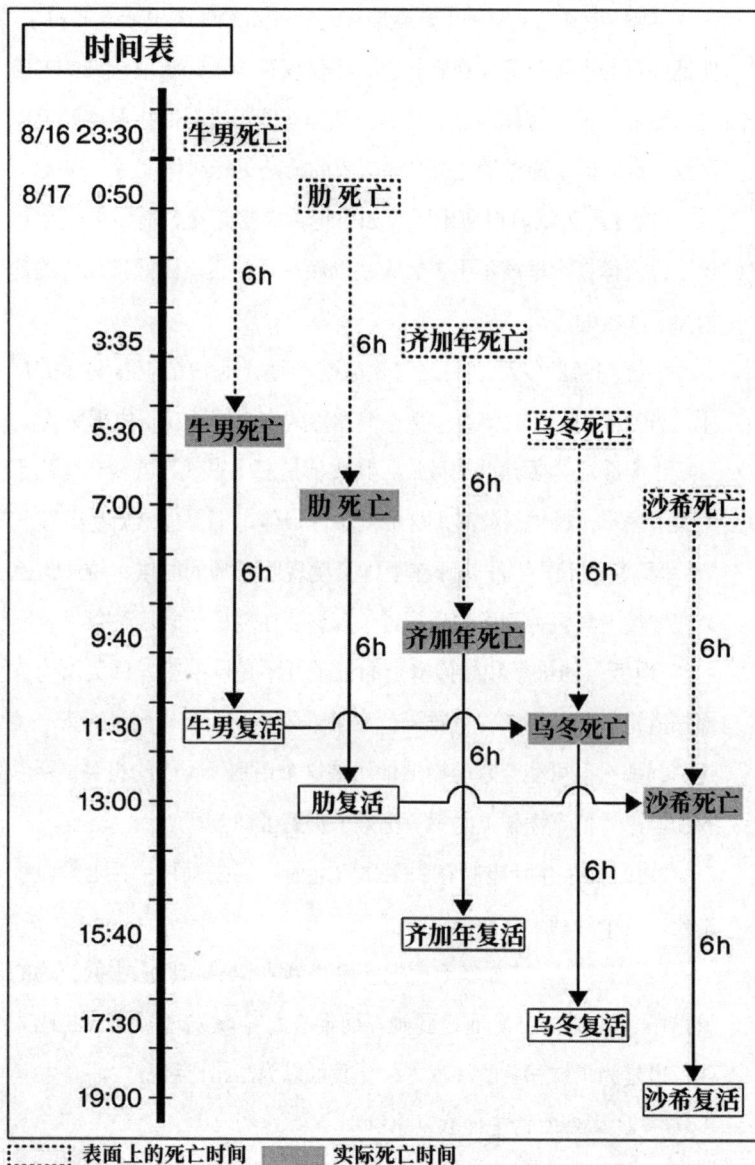

无人逝去

时间表

时间	
8/16 23:30	牛男死亡
8/17 0:50	肋死亡
3:35	齐加年死亡
5:30	牛男死亡
7:00	肋死亡
9:40	齐加年死亡
11:30	牛男复活 → 乌冬死亡
13:00	肋复活 → 沙希死亡
15:40	齐加年复活
17:30	乌冬复活
19:00	沙希复活

乌冬死亡　沙希死亡

6h

┈┈ 表面上的死亡时间　　▅ 实际死亡时间

到现场这些与尸体高度相似的扎比人偶，都会认为人偶在重现人的死状。因此当我看到被泼上硫酸的人偶，理所当然认为旁边的沙希也死于硫酸。"

"对啊，确实如此。"

"齐加年利用我们死亡的时间差，用机关杀掉了最后两人。然后巧妙地将自己伪装成了第三名死者。"

牛男侃侃而谈，说到这里才缓了一口气。但似乎仍未彻底打消乌冬的疑问。

"说到底不还是听天由命嘛。齐加年又没试过，他怎么能知道谁会复活？假如咱们彻底死了，他折腾来折腾去都是无用功嘛。"

"当然不会。你和齐加年一比简直就是个傻瓜。"

"那究竟是怎么回事？"乌冬鼓胀的脸颊鼓得更大了。

"他最担心的事不是这两个机关没有启动，而是第四名和第五名被害者还活着。因此他肯定会挑选复活可能性最大的两个人来做第一名和第二名被害者。我承认过我和晴夏干过那事，所以我成了第一名死者。肋号称他'九年来碰都没有碰过其他女人'，这不等于说他九年前也和晴夏做过嘛。所以他被选为了第二名死者。

"其实，齐加年也不确定第四名和第五名被害者能否复活。你虽说是和晴夏订婚了，但是问起你和她有没有那方面的关系，你又没有吭声。而第五名死者沙希在是否有肉体关系的问题上又没说实话。

"晴夏这个人虽然无所顾忌地和作家们胡搞瞎搞，但也未必真的和你们两个发生过关系。万一你俩没活过来，那么齐加年自己就成了最后一个复活的人。我猜到了这个时候，他就会以走廊的扎比人偶被人动过为由，将凶手的身份推给你或者沙希。"

"……原来如此。敢情死了还要背负一个凶手的罪名。幸亏活过来了。"

乌冬低声说道，抬眼望向船尾方向的地平线。条岛已经消失不见，甚至无法辨别它究竟地处哪个方向。

"只剩最后一个疑问了，那就是齐加年的杀人动机。他明明已经把我们杀光了，却又在复活之后帮助我们，态度来了个一百八十度的大转弯。如果他真的对我们怀恨在心，干脆利索地杀掉不就好了，又何必像这样大费周章。那么他的目的究竟是什么呢？"

"还是不要想得太复杂。齐加年确实是出于某种原因杀死了我们，但并不是因为怨恨。他只需要杀死我们一次，就能实现他的目的。他也因此无须对我们赶尽杀绝。"

"这个说过了。那么'某种原因'到底是什么原因？"

乌冬凑上前来，身上散发着一股浴室特有的霉味。

"你还没明白呀！晴夏死后，曾有可疑分子闯入了秋山雨的家里。这个可疑分子十有八九就是齐加年。这人在晴夏死后依然孜孜不倦地搜集晴夏的资料信息。他坚信自己和晴夏真心相爱，可是这个女人竟然被其他男人玷污，最后死于非命。他想知道晴夏的真实心意，哪怕千难万险。可是不论他怎样调查，他最想知道的事情却始终不得而知。"

"最想知道的事情？那是什么？"

"我来提醒你一下。就是那个把晴夏送上黄泉路的男人——榎本桶。"

"榎本？"乌冬瞪圆了眼睛，"就是那个写《MY SON》的作者？他和咱们这件事有什么关系？"

"没有任何关系。但是问题就在这里。被召集到这座岛上的全

始末

是作家，而且无一例外都是晴夏的爱慕者。然而最关键的人物榎本桶却不在其中，你不觉得奇怪吗？"

"他是不是还在蹲监狱呢？"

"不是，他早被放出来了。"

"邀请了但是没来？"

"也不可能。天城馆的食堂里不多不少预备了五个扎比人偶。如果多叫来一个作家，势必要再多准备一个人偶。

"榎本桶与我们的不同之处在于，他因涉嫌对晴夏施暴而被逮捕。由于他和晴夏的关系是庭审的焦点，所以被综艺节目大张旗鼓地宣扬了一番。因此齐加年也就没必要再邀请他了。"

"啊，原来如此。"乌冬的表情像是丢了魂似的，"这么说齐加年想要知道的事情就是——"

"就是晴夏的肉体关系。齐加年想要知道都有谁和晴夏发生过关系，于是将我们召集到了这座岛上，然后杀死了我们。"

只是想想齐加年这变态的执念，牛男就觉得头昏脑涨。

一名感染者便能导致奔拇族灭族，齐加年也由此得知这种寄生虫具有极强的传染性。

倘若被杀的人复活，那就说明这个人从晴夏那里感染了寄生虫——也就意味着他和晴夏发生过关系。如果这个人就这么死了，那就是没有感染寄生虫——也就是没有和晴夏发生过关系。

对于齐加年来说，最想看到的结果当然是只有他一个人复活。但是从他为了避免暴露自己凶手身份而处心积虑进行的准备工作来看，想必他也想到了，大多数人都会复活。

制订了周密的计划，夺走了四个人的生命，得到的却是最糟糕的结果。

无人逝去

所有人死去了，所有人又都在六个小时之后活了过来。

最终，无人逝去。

"……我们被杀居然因为这种事？"

乌冬的语气像是在拼命克制心中的怒火。

他们五个人在岛上漫步时，齐加年曾一脸严肃地这样问道：

"——你们真的都和秋山晴夏发生过关系吗？"

面对这个唐突的问题，只有牛男如实相告。艾丽撒了谎，肋拒绝回答，而乌冬则一言不发。如若所有人都诚实地回答，他们或许能够免于一死。

"对齐加年来说，这是一件可以牺牲生命的大事。这家伙并不憎恨我们，只是想了解晴夏人生的全部。"

"不管怎么说，未免都太自私自利了吧——"

忽然，舱门传来"咚"的一声。

众人回头看向驾驶室，心脏停止了跳动。

只见齐加年抵着玻璃站起身来。身上是摇摇欲坠的溃烂的皮肤，头盖骨上是外翻的眼球。他每晃动一下身体，都会有线虫的残骸掉在地上。

"他竟然还活着。"

齐加年把手伸向门把手。牛男连忙伸手堵门，然而齐加年的手更快，他拧开了门把手。

"……水。"

就在他张开嘴的一瞬间，一团线虫像口水一样从唇边扑簌簌地掉了下来。看来线虫已经堆积到了他的喉咙深处。

"他说什么？"艾丽连连倒退。

"给我水——"

话音未落，又有几十条线虫从齐加年的喉咙涌出。乌冬和艾丽不约而同地尖叫起来。

"差不多行了！死个痛快吧。"

牛男一脚踹在齐加年的腹部。齐加年后背撞在门上，嘴里发出"呜呜"的嘶吼声。他张开双臂，扑到了牛男身上。

"水——"

齐加年骑跨在牛男身上，用力向后挺着身子。这时他的喉咙里再次涌动起来。糟糕！这下子要洗一个线虫淋浴了。

"齐加年老师！"

身旁传来艾丽的叫声。

齐加年像上了年纪似的慢慢地把脖子扭了过去。艾丽哆里哆嗦地说道：

"老师，我有件事忘了告诉你。"线虫在牛男的大腿上爬来爬去。"你还记得工作室里的那个红色的笔记本吗？那是晴夏的日记！"

她在说谎。

那只是一本普通的笔记，记录的是蜡像的制作方法。

"晴夏，好像和她的父亲一起来条岛了！"

齐加年瞳孔的凶光顿时散去。他微微张着嘴，呆呆地看着艾丽。

牛男突然觉得身体变轻了。齐加年起身向大海另一边眺望。

"……晴夏小姐。"

齐加年步伐蹒跚地走向船尾，弓着上身，一头栽进了大海。"吱吱吱"，螺旋桨发出一阵刺耳的声响。水花四溅，舱底上下起伏。

艾丽站起身来，向栏杆下方看去。身后的牛男也探着身子向海

无人逝去

中张望。

海水一片血红。

水面上漂浮着几条线虫和齐加年的头颅。

大概是被螺旋桨割掉了脑袋。这家伙可真够倒霉的。

"彻底死了？"

"还没有。"

乌冬指着大海。

只见船尾后方五米远的海面掀起了阵阵涟漪。

每隔几秒钟，浪涛之间就会有两块红黑色的肉片浮出水面。那是失去了头颅的齐加年在划动双臂，像青蛙一样游泳。

"这怎么可能。"艾丽喃喃自语，"他该不是要去条岛吧？"

牛男猛然想起九年前自己在"吸溜吸溜"下酒的那只蛤蟆。就是那只虽然被开膛破肚，却依旧不忘捕食落在餐盘上的苍蝇的蛤蟆。

齐加年就是那只蛤蟆。在自己所追求的东西面前，死亡都显得是那样微不足道。

齐加年的身影渐渐远去。

牛男凝望着海面上翻涌的浪花，几乎忘却了呼吸。